한 달이라도 좋아, 보홀이라면!

한 달이라도 좋아, 보홀이라면!

엄마와 아이가 함께 쓴 매일 여행 일기

초 판 1쇄 2024년 07월 24일

지은이 박효천, 윤지후
펴낸이 류종렬

펴낸곳 미다스북스
본부장 임종익
편집장 이다경, 김가영
디자인 윤가희, 임인영
책임진행 안채원, 이예나, 김요섭

등록 2001년 3월 21일 제2001-000040호
주소 서울시 마포구 양화로 133 서교타워 711호
전화 02) 322-7802~3
팩스 02) 6007-1845
블로그 http://blog.naver.com/midasbooks
전자주소 midasbooks@hanmail.net
페이스북 https://www.facebook.com/midasbooks425
인스타그램 https://www.instagram.com/midasbooks

ⓒ 박효천, 윤지후, 미다스북스 2024, *Printed in Korea*.

ISBN 979-11-6910-740-2 03810

값 19,000원

미다스북스는 다음세대에게 필요한 지혜와 교양을 생각합니다.

엄마와 아이가 함께 쓴 매일 여행 일기

한 달이라도 좋아, 보홀이라면!

글, 사진 | 박효정, 윤지후

미다스북스

| 일러두기 |

1. 본 책에서 언급하는 현지 음식 또는 지명들은 표준국어대사전 외래어
   표기 용례를 따르지 않고 관용적으로 쓰는 명칭으로 표기했습니다.
2. 엄마와 아이의 일기가 함께 수록되어 있습니다. 이야기의 화자는 아
   이콘 및 글씨체로 구분했습니다.

한 달 살기!

막연히 한 번은 해보고 싶었다. 아이와 함께 다른 나라에서 한 달 살기. 이제 아이가 독립할 나이가 점점 다가온다고 생각하니 아이와 같이 있는 시간이 어느 때보다 소중해졌다. 그렇기에 이번이 아니면 클수록 더 어려워지겠다 싶었다. 현실적으로 걸리는 것들이 한두 가지가 아니었지만 그래, 눈 꼭 감고 그냥 무작정!

아이가 영어권을 가고 싶어 해서 일단 필리핀으로 정했다. 전에 보라카이에 짧게 다녀온 적이 있는데 그때의 기억이 나에게는 너무나도 좋았다. 아름다운 바다와 친절한 사람들이 좋은 기억으로 남아 있는 곳. 특히 필리핀 하면 트라이시클(세 발이 달린 오토바이) 기사님의 순수한 미소가 아직도 생각난다.

필리핀, 그중에서도 보홀[1]로 지역을 정한 건 단순한 이유였다. 한 달 살기는 결심했는데 어느 곳으로 정할지 인터넷을 기웃거리다 보니 갑자기 보홀에 있는 숙소 한 곳이 한 달 숙박을 정말 싸게 내놓은 것이 아닌가? 마침 아이 친구 엄마에게 보홀이 정말 좋았다는 이야기를 들은 적이 있어서 한 번쯤 가보고 싶었던 차였다. 오호!! 저렇게 싼 숙소가 나의 일정에 맞게 딱! 내 눈에 띄었다는 건 처음부터 그렇게 될 운명 아닌가 싶었다. 마치 억지로 끼워 맞춘 것 같지만 일정 맞고 가격 맞으면 Go! 하는 거지 다른 곳을 굳이 찾을 필요가 없었다.

그렇게 보홀로 정하고 비행기 표를 샀다. 우리나라에서 보홀 직항은 제주항공 하나뿐이다. 표를 산 이후, 저렴하게 한 달 숙박이 가능한 그 숙소 주인아저씨께 카톡을 했다. 숙소비 등을 안내받고 인터넷에서 그 숙소의 흔적을 찾았다. '진짜 있는 곳인가? 사기는 아니겠지?' 숙소 후기 등등이 나오는 것을 보니 없는 곳은 아니군. 실제로 존재하는 곳

---

1) 보홀: 초콜릿 힐, 발리카삭섬 등 자연경관이 뛰어난 필리핀 지역

은 맞는 것 같아서 한번 믿어보기로 했다. 하루 숙박비는 4~13만 원 정도인데 한 달로 결제하면 가격이 정말 저렴해졌다. 바로 숙소비를 입금했다. 이렇게 바로 입금을 하다니, 정말 뭐에 홀린 것 같았다.

따뜻한 곳에서 맞이하게 된 1월 어느 날,

보홀의 어느 숙소에서

......

지후 엄마

Part 2.

익숙한 시간
: 보홀, 어디까지 가봤니?

Part 3.

아쉬운 시간

: 평생 남을 기억들을 꾹꾹 눌러 담으며

Part 1.

설레는 시간

: 새로운 시작은 언제나 즐거워

헐레벌떡 출국 준비: 번갯불에 콩 구워 먹다

한 달 살기를 실행하다니!

정말 아무것도 준비를 안 했다. 직장 일이 바쁘다는 핑계로 여행에 관해서는 정말 넋 놓고 있었다. 여권은 원래 있었으니 따로 준비할 필요가 없었고, 비행기 표와 숙소만 해결해 놓은 채로 하루하루가 지나갔다.

날짜가 다가와도 며칠 후면 내가 머무는 공간이 바뀐다는 것이 현실 같지 않았다. 그러다 이틀 전에야 '아, 맞다! 내가, 이제는, 진짜로, 떠나야 하지!'라는 생각이 들었다. 한 달을 비우기 전 처리해야 할 직장 일들을 정신없이 해치우느라 날짜가 다가오는 것이 실감이 나지 않았는데 정신을 차리고 보니 말 그대로 내일모레가 출국이다. 이박삼일 여행 아니고 타국에서 한 달 살기인데, 이렇게 아무 준비도 하지 않다니! 지난날의 나란 녀석, 지금 생각하니 어이가 없네. 이렇게 된 거 지금부터 열심히 준비해 보자. 준비 시작! 일단 서류와 환전을 준비해야겠다.

　서류와 환전 준비를 끝내고는 바로 짐 싸기에 돌입했다. 아이의 물건은 아이가 스스로 준비하게 했다. 필요한 물품들을 생각하더니 혼자서 쓱쓱 체크리스트를 만든다. 여행 준비로 또 아이가 한 뼘 자란 것 같다. 좋다.

　체크리스트를 만드는 아이에게 보홀에 가서 공부할 문제집과 필기도구도 넣으라고 일렀다. 아이 표정이 갑자기 어두워진다. 흠. 그래도 그 정도에 양보할 수 없다. 여행 가는데 무슨 문제집이냐 할 수 있겠지만 나에게도 이유는 있다. 나는 그냥 평범한 보통 엄마다. 아이가 학생이니 기본적인 학습은 해주기를 바란다. 본인이 원해서 공부를 잘하면 애도 좋고 엄마인 나도 기분이 좋겠지. 그렇지만 억지로 시킬 수는 없으니 나로서는 기본만, 기본만 챙기며 아이를 키워왔다. 이번 여행의 목적은 막 여기저기 투어를 다니는 것만이 아니라 생활인으로 사는 것이니 각자의 생활에 충실하기 위해 또 기본을 챙겨야겠지.

수학 문제집 하나, 영어 교재, 국어 문제집 하나를 같이 챙겼다. 책을 좋아하는 아이라 책은 아이가 스스로 준비했다. 그리고 특별히 일기장으로 쓸 공책도 가방에 넣었다. 아이가 보홀에서 한 달을 보내는 기념으로 매일 일기를 쓰겠다고 했기 때문이다. 정말 기특했다.

아이를 키우다 보면 울 일도 웃을 일도 많다. 가슴을 치기도 하고 정말 화가 나기도 한다. 그래도 아이가 어린 시절, 함께 웃었던 시절을 떠올리면 미소가 지어지지 않을 수 없다. 그때의 기억이 나의 남은 인생의 양식이 될 것이다. 그 추억들을 하나씩 저축해서 행복으로 인출하며 사는 날이 오겠지. 그래서 지금 이 순간이 더없이 소중하다. 우리 오늘 하루도 함께 즐거운 일 많이 만들자!

아, 그런데 짐을 챙기는데 선글라스가 없다. 동남아시아는 햇볕이 세서 눈 건강을 위해 선글라스가 꼭 필요하다. 그런데 아무리 찾아도 없다. 시간은 없고 마음은 급한데 없다. 어디 갔나 애를 태우며 찾다가 정신을 차렸다. 그냥 하나 사자! 급 마음이 가라앉는다. 애태우며 찾던 내 마음이 아깝다. 갑자기 신이 난다.

준비물: (부록3 참고)

보홀로 떠나기 2일 전이다. 나는 지금 엄마, 아빠와 짐을 싸고 있다. 보홀에서 한 달 동안 산다고 해서 정말 기대된다. 그런데 처음에는 그냥 한 달 동안 놀기만 하는 줄 알고 신나기만 했는데 지금 보니 조금 속은 것 같다. 완전 연수 급으로 가는 것 같다. 엄마가 막 문제집도 챙기라고 한다. 가서 공부할 건가 보다. 예상과 달라서 헉! 했다.

가서 한 달 동안 살아야 하니까 짐이 너무나도 많다. 원래는 캐리어 2개로 가려고 했는데 3개까지 많아졌다. 2개의 무게만 해도 37kg이다. 1명당 15kg을 수하물로 부칠 수 있다.

우리는 비행기 7C4470의 17-A 좌석과 17-B 좌석이다. 17-A 좌석은 내가 좋아하는 창가 자리이다.

내 여행 리스트는 이렇다.

물품	비고	체크
손 선풍기 2개	더우니까	
필기구 필통		
옷(내복, 외출복)		
비누		
손전등		
돼지코 콘센트 3개		
폰 충전기	엄마 거	
폰 충전기	아빠 거	
5핀 충전기	내 거	
보냉백		
영어, 수학 문제집	이건 빼고 싶다…….	
마스크		
휴대폰		
바세린		
푸쉬팝	이건 갖고 놀 거	
장난감	지루할 때	
위험한 과학책	내가 제일 좋아하는 책	
한국사 책	2권	
카메라	이 책에 실을 사진 모두 찍을 것	
여권	중요!!	
돈	가장은 아니지만 중요!	
일기장		

usb 어댑터		
손소독제	물놀이 용품이니 중요!	
수영가방		
수경		
수영복		

휴~ 드디어 짐을 다 쌌다. 엄마랑 두 명이 이걸 다 들고 갈 수 있는지 의문이다.

보홀 가이드북을 사서 미리 봤는데 초콜릿 힐이라는 곳이 있다. 초콜릿 힐에 가고 싶다. 초콜릿 힐은 작은 동산 같은 것이 여러 개 모여 있는 땅인데 동산 모양이 키세스 초콜릿 모양으로 생겨서 붙여진 이름이다. 초콜릿 힐에서 가이드와 함께 VCG(버기카)투어가 가능하다고 한다. 정말 기대된다.

짐을 싸고 나니 벌써 10시가 넘었다. 이제 한숨 자야지!

설렘과 걱정이 뒤죽박죽

호기롭게 숙소와 비행기 표를 준비했지만 막상 떠날 때가 되니 걱정이 좀 되었다. 중간에 남편이 들어오기로 했지만 그래도 처음엔 남편 없이 아이만 데리고 가는데 괜찮을까? 특급 호텔이 아닌데 치안은 어떨까? 등등의 걱정. 그래도 어차피 떠나기로 했으니 안전할 이유를 찾아보자.

'한국인이 운영하는 리조트이니 괜찮을 거야. 여기 한인 사회는 한 인 관광으로 유지되는 이민 사회일 텐데 한국인 치안에 얼마나 신경 을 쓰겠어. 그래서 택시도 따로 안 타고 리조트에서 연결해 주는 것 타는 거잖아. 괜찮을 거야!'라고 나를 다독이는 동시에 앞으로 한 달의 안녕을 위한 기도를 하며 잠자리에 들었다.

보홀로 출발하기 1일 전이다. 이제까지 기대만 있었는데 오늘 충격적인 소식을 들어서 떨리기 시작한다. 보홀 공항의 관제탑 시스템 오류로 보홀 공항에서 입출국하는 비행기가 모두 정지되었다고 알림이 왔다. 걱정이 하나둘씩 생긴다. 힘들게 짐은 왜 쌌지? 못 가면 어떻게 하지? 내일은 관제탑 시스템이 복구될까?

내일이 되어봐야 안다. 걱정이 많아지고 또 많아진다. 잠이 오지 않는다. 비행기가 예정대로 뜰지 모르겠다. 비행기가 잘 떠서 보홀에 갈 수 있으면 좋겠다.

드디어 출발!

그런데 어제부터 문제가 하나 생겼다. 필리핀 관제탑의 송수신 이상으로 필리핀 영공으로 들어가는 모든 비행기에 문제가 생겼다는 것이다. 내가 출발하는 비행기는 아침 7시 15분 비행기였는데 당일 10시나 되어야 정상화가 될 것이라는 소식이었다. 사실 이건 뉴스에 보도된 아주 긍정적인 소식이고 실제로 제주항공에서 온 문자는 '지연될 수도 있다.'라는 아주 애매한 소식이었다. 아침 7시 15분 비행기를 타려면 새벽 5시 30분까지는 공항에 도착해야만 환전도 하고 출국 수속도 할 수 있다. 그러려면 집에서는 4시에는 나가야 하는데, 비행기가 뜰지 안 뜰지도 모르고, 또 얼마나 기다릴지도 모르는 상태로 무작정 자는 애를 깨워 나가는 것이 영 내키지 않았다. 그래도 뭐 어쩌겠나. 이렇게 애매한 상태로 있다가 막상 7시 15분 정시에 비행기가 뜬다고 하면 집에서 공항까지 순간이동을 할 수도 없으니 그냥 예정대로 공항으로 나갔다. 남편이 아침에 데려다주고 바로 출근을 하기로 해서 고맙게도 편안하게 공항으로 왔다.

공항 내 은행에서 환전을 하는데 생각보다 줄이 길어서 혹시 늦어질까 봐 애가 탔다. 아주 예전에 공항에서 환전할 때는 줄이 하나도 없었던 것 같은데, 오늘은 줄이 길었다. 환전하려면 조금 시간을 넉넉히 두고 공항으로 와야겠다는 생각을 했다.

인천공항 내 환전소

환전을 마치고 출국 수속을 하고 티켓에 쓰인 45번 게이트를 찾았다. 그런데 게이트 번호는 5번 게이트까지밖에 없다. 이상하다. 공항 직원으로 보이는 분에게 45번 게이트를 물었더니 5번 게이트로 들어가라고 한다. 공항을 자주 오지는 않으니 올 때마다 헤맨다. 아니 왜 면세 구역으로 들어가는 문도 게이트, 비행기 탑승장으로 가는 문도 게이트라고 적어놓아서 사람을 헷갈리게 하나. 면세 구역으로 들어가는 5번 게이트를 지나 제주항공 보홀 비행기 탑승구로 가는 45번 게이트를 찾아갔다.

빈 의자에 자리를 잡고 면세 구역으로 가서 선글라스를 샀다. 여러 가지 브랜드가 있었는데 다행히 적당한 가격의 마음에 드는 선글라스가 있다. 한 번도 안 써본 갈색 선글라스를 샀다. 한 번도 안 해 본 것을 하나씩 해보는 재미도 소소하게 즐겼다. 짐 쌀 때 선글라스를 아무리 찾아도 없어서 마음이 급했는데 그럴 필요가 없었다는 걸 다시 한 번 깨달았다. 또 기분이 좋아졌다.

아무래도 연착이 될 것 같아서 커피를 한 잔 샀다. 커피 한 잔으로 기분이 좋아진다. 공항은 커피만 마셔도 설레는 공간이다.

8시에 비행기가 출발한다고 하더니 또 하세월이다. 결국 비행기는 9시에 출발했다. 출발 전 리조트 사장님께 보홀 공항에서 타기로 한 픽업 택시 시간을 미뤄달라고 카톡을 했다. 더운데 기사님이 기다리시면 짜증이 날 것 같아서 미리 연락을 드렸다.

기내식을 미리 주문하지 않아서 기내식을 못 먹었다. 제주항공은 기내식을 미리 주문해야 한다. 기내에 혹시 남은 것을 주문할 수 있나 물어보았는데 48시간 전에 미리 주문해야 한단다. 불고기덮밥이 15,000원이라는데 블로그 등 평으로는 먹을 만하다고 한다. 미리 못 시킨 기내식이 아쉽지만 아쉬운 대로 기내에서 작은 컵라면을 먹었다. 5,000원이다. 뜨거운 물이 나오는데 쏟아지면 어쩌지 생각했는데 다행히 쏟아지지는 않았다. 이제까지 기내에서 물이 쏟아져 다친 사람은 없는지, 없으니까 계속 팔겠지만 진짜 한 명도 안 쏟았을까? 그게 좀 궁금했다.

지금은 인천 국제공항 고속도로다. 하암~~(하품).

지금은 인천 국제공항 고속도로다. 하암~~(하품). 새벽 5시에 일어나서 그런지 너무 졸리다. 자 그럼 독자 여러분, 저는 이제 차 안에서 조금 자겠습니다. 안녕히 계십시오.

인천 국제공항에 도착했다. 예상대로 비행기 7C4407은 지연되었다. F 구역에서 돈을 환전했는데 줄이 많이 길었다. 동네 은행에서 달러화로 미리 바꾸는 것이 좋을 것 같다. 참고로 2023년 1월 2일 페소는 100달러가 557,325페소였다.

탑승 수속 및 짐을 수하물로 부쳤다. 무게가 7kg이 초과되어 11만 원이 더 과금되었고 비행기 7C4407은 7시 15분 출발 예정이었는데 지연되어서 8시까지 밀렸다. 지금 나는 보홀 여행 가이드 북을 보고 있다가 일기를 쓰고 있고 엄마는 선글라스를 사러 가셨다. (짐을 아무리 뒤져도 선글라스를 찾지 못했다.) 인천공항에 무료 인터넷이 되는 컴퓨터가 있어서 확인해 보니 8시에 탑승 예정으로 확인되었다.

지금 시간은 8시 2분.

8시 00분 탑승 예정이었는데 다시 지연되었다. 언제 출발하는지 자세히 나오지 않는다.

8시 30분 드디어 탑승을 시작한다!

비행기에서 안전에 대한 안내를 한 이후, 조금 기다리다가 8시 45분에 이륙했다. 이륙할 때 귀가 좀 먹먹하고 아팠다. 구름 위로 비행기가 올라가니 머리도 아팠다. 한숨 자야겠다.

자고 일어나니 배가 고팠다. 비행기에서 '튀김우동' 컵라면을 시켰다. 맛있었다. 그리고 보홀 공항에 착륙을 하니 귀도 머리도 아프지 않았다.

인천공항 45번 게이트에 뽀로로 키즈 존이 위치해 있다. 유아들이 있다면 여기서 지루하지 않게 시간을 보낼 수 있으니 참고!

보홀 공항에 도착하다

드디어 공항 도착!
저 멀리 보이는 것이
보홀 관제탑.
아담하다.

보홀 공항에 도착했다. 출국 심사를 별일 없이 마치고 짐을 찾고 나가려는데 짐 검사를 한다. 한국에서도 그렇고 보통 내가 갔던 공항들은 그냥 자기 짐을 자율적으로 찾아서 가는데 여기는 가방이 바뀌지 않게 하려는 모양이었다. 인천공항에서 수하물을 부치며 받은 표와 짐에 붙어 있는 딱지를 대조해 검사한 후 나가라고 한다. 이게 좀 특이했다.

이제 공항을 나와 숙소로 가야 하는데 한 달 살기 할 숙소에서 불러주는 택시를 타고 가려고 한국에서 미리 예약을 했다. 아무래도 혼자 아이를 데리고 가다 보니 안전이 가장 걱정이 되었기 때문이다. 숙소에서 불러준 택시는 500페소이다. 싼 건지 비싼 건지 모르겠지만 그냥 숙소에서 불러준 택시라서 안전하겠거니 생각하기로 했다. 마음이 편했다.

작은 시골길들을 따라 쭉 오니 숙소에 도착했다. 택시비 지불을 위해 먼저 달러를 페소로 바꾸었다. 숙소 사장님이 환전도 해주신다고 한다. 일단 환율은 따지지 않고 100달러만 환전을 하고 대충 짐만 풀고 숙소 식당에서 식사를 했다. 식사비가 생각보다 좀 비싸다고 생각했다. 맛은 나쁘지 않았다.

		1월 2일	1월 3일
네이버 달러페소 환율	100달러	5,573.25페소	5,568.88페소
숙소 사장님 환전	100달러	5,400페소	안 바꿔서 모름

  식사를 하고 짐을 대충 풀고 아이는 오자마자 원 없이 몇 시간을 수영장에서 놀았다. 실컷 놀다가 마실 물이 필요해서 물을 사러 나갔다. 인터넷을 찾아보니 알로나 비치에 작은 슈퍼마켓이 있다고 해서 알로나 비치로 갔다. 직원은 알로나 비치 나가는 트라이시클이 50페소라고 했는데 실제로는 100페소를 냈다. 아이는 기사님이 "원 피플은 50, 투 피플은 100"이라고 했다고 한다. 그럼 세 명은 150페소인가. 아직 풀리지 않는 미스터리이다. 100페소는 2,500원 정도이다. 트라이시클을 타고 10분 정도면 가는 이 정도 거리에 트라이시클 가격 100페소는 비싸다고 생각했다. 세부에 있는 어학원 강사들의 풀타임 하루 일당이 300페소가 넘지 않는다고 하는데 그에 비하면 관광지 교통수단 비용이 매우 높게 책정되었다고 생각했다. 그래도 사람들이 타니까 가

격이 그렇게 형성되었겠지 싶다.

아이는 알로나 비치에서 파도타기를 즐겼다. 치는 파도에 즐거워했다. 모래가 계속 아이 발로 들어갔다. 바닷물에서 나오고 나서도 해변 모래가 발에 닿는 것을 아주 싫어하는 아이였는데 그래도 이번엔 본인이 들어가고 나오고 하더니 좀 익숙해진 것 같다. 한 달 살기를 하며 아이가 성장하길 바랐는데 조금씩 성장하고 있는 것 같다. 좋다.

슈퍼마켓에서 물을 사고 코코넛 셰이크를 사 먹었다. 그 자리에서 코코넛을 까서 믹서에 갈아서 준다. 맛있다. 정말 맛있다.

금방 해가 떨어져 어둑어둑해졌다. 얼른 숙소로 돌아왔다. 올 때는 옆에 오토바이가 달린 트라이시클을 탔는데 음……. 굉장히 스릴이 넘쳤다. 과장 좀 보태서 날아가는 줄 알았다. 애는 좋다고 웃고 난리가 났다. 뭐라도 애가 웃으니 좋았다. 다행히 무사히 숙소로 도착했다.

급하게 물을 사러 나간 이유는 식수도 필요했지만 양치할 때 쓸 물이 필요했다. 따로 샤워기 필터는 챙겨오지 않았다. 뭐 필리핀 사람들도 수돗물로 잘 씻고 쓰고 할 테니 말이다. 그런데 양치는 생수로 하는 게 좋다. 여기 물 자체에 석회 성분이 많아서 그렇다고 한다. 그래서 다른 나라 여행지에서 양치는 꼭 생수로 한다.

숙소로 돌아오고 나서는 아이는 하루 분량의 영어 공부까지 마치고 하루를 끝냈다. 많은 일을 해낸 하루였다.

공항에서 숙소 전용차를 타고 숙소로 왔다. 드디어 도착했다. 우리는 룸 A에 묵었다. 짐을 푸는데 짐이 너무 많아 먼저 캐리어 2개만 풀었다. 숙소 식당에서 김밥과 돈가스를 먹었다. 김밥은 속 재료가 한국보다 적었다. (속 재료가 바르다 ○선생 기준 3/4 정도) 돈가스는 맛있었다. 그리고 엄마가 나머지 짐을 풀 동안 나는 수영을 했다. 수영장 워터슬라이드의 물은 올라가서 기다리면 사장님이 켜주시는 것 같다.

수영장의 부표 뒤편은 수심이 매우 깊다. 거기서 중간은 더 더 더 깊으니 주의해야 한다. 얕은 줄 알고 들어갔는데 조금 깊어서 놀랐다. 하지만 나는 수영을 잘해서 살아남을 수 있었다. (무턱대고 깊은 곳으로 뛰어들면 안 됩니다!) 어른도 발이 안 닿는다. 벌레 시체도 조금 있는데 야외 수영장치고는 적은 편이다. 밤에는 물이 차가워진다.

숙소 수영장에서 수영을 하다가 물을 사기 위해 알로나 비치로 갔다. 물은 네이쳐스 스프링, 투빅 파라 사 피뇨이라고 적힌 물병이 가장 가성비가 좋다. 350, 500, 1,000, 1,500ml, 5, 6, 7까지 7가지 사이즈로 나오는데 1,500ml짜리가 그중에서도 가성비가 가장 좋고 가게에서 35페소에 구할 수 있다.

알로나 비치 로드에 대장금이라는 한국 식당이 있는데, 바로 옆, 주스를 파는 작은 가게(방위: 9°32'56.9"N 123°46'19.2"E)가 있다. 코코넛 셰이크가 정말 맛있다. 별 5개!!

그다음은 알로나 비치에 가서 수영을 했다. 바닷물이 차가웠다. 바다 수영을 하고 나오니 신발 사이에 바닷물이 들어가서 축축해졌고 모래가 들어가서 느낌이 느끼해졌다. 흑흑.

해가 살짝 지고 있어서 후딱 리조트로 트라이시클을 타고 왔다. 그다음 또 수영장에 가서 놀고 들어왔다. 잠이 들 것처럼 졸리(다). zzzzzzz

한 달이라도 좋아, 보홀이라면!

매일 매일 알로나 비치

어젯밤 잘 때는 컴컴한 밤이 조금은 무서웠는데 아침에 일어나니 개운했다. 완전 꿀잠을 잤나 보다. 진짜 푹 자고 일어난 느낌이다. 6시 30분에 눈이 자동으로 떠졌다. 원래 아침형 인간이 아닌데도 말이다. 숙소에서 간단한 조식을 먹었다. 조식을 먹고 나서는 지후는 수영장에서 수영을 하고 나는 일기를 쓰러 수영장 옆에 앉아 있다. 살랑살랑 부는 덥지 않은 바람이 얼굴에 닿는 느낌이 참 좋다.

오늘은 아이랑 알로나 비치까지 걸어서 가보기로 했다. 구글 맵으로 보니 도보로 24분이 걸린다. 슬슬 걸어가기 좋은 거리 같아서 걸어가기로 했다. 가는 길에 염소도 보고 닭도 보았다. 가는 길의 풍경은 고

즈넉하고 좋았는데 도로에 붙어서 걷다 보니 보도가 없는 게 불편했다. 도로 바로 옆은 풀밭 길이고 가끔 빗물이 고여있는 작은 웅덩이도 있었다.

아이가 왜 여기는 사람 다니는 보도가 없냐고 물어본다.
"여기 보홀은 필리핀에서도 개발이 많이 안 된 곳이야. 한국에서도 시골은 이런 곳들이 있어. 정부에 돈이 많으면 나라 구석구석에 설비를 다 해 놓겠지만, 그러기 힘들면 사람이 많은 도시 먼저 개발을 시키거든."

그러고 보면 뭐든지 재정으로 귀결되는 것 같기도 하다. 예산이 모두 적재적소에 쓰이면 좋을 텐데, 라는 생각과 동시에 이런 시골길이 있는 것도 나쁜 것만은 아니라는 생각을 했다. 풀밭이 있어 염소와 닭과 노랑나비와 바나나가 열리고 있는 바나나 나무를 만날 수 있었으니까.

　가는 길에 몽키투어라는 곳에 들러서 모기 기피제 'off'를 샀다. 원래는 호핑 같은 관광 예약 대행해주는 곳 같은데 잡화점이 함께 있다. 여기에서 한국 제품인 선크림, 마스크팩, 간단한 화장품 등을 판다.

　어제 들렀던 주스 가게를 또 갔다. 코코넛 셰이크를 또 먹기 위해서였다. 나는 코코넛 셰이크를, 아이는 코코넛 주스를 선택했다. 코코넛 주스는 아주 큰 코코넛 열매를 잘라서 그냥 그 속에 있는 액체를 마시는 거다. 양이 많았는지 아이는 먹다 먹다 지쳐서 배가 엄청 부르다고 했다. 그래도 자연 열매에서 나오는 수분 섭취이니 나쁘지 않을 것 같다. 주스를 다 마시고 나서는 안에 하얀 과육도 먹을 수 있도록 반으로 잘라주고 일회용 숟가락도 주었다. 맛있는 셰이크와 친절함이 있는 곳. 앞으로 자주 들를 것 같다.

바나나 나무에 바나나가 열렸다.

숙소 식당에서 조식을 먹었다. 소시지 2개, 밥, 계란 후라이, 된장국으로 250페소, 약 6,000원 정도이다. 생각보다 비싸다. 이 정도면 트라이시클을 타고 알로나 비치로 가서 음식을 사 먹는 게 더 낫다. 조식을 먹고 수영장에서 놀았다. 워터슬라이드도 많이 많이 많이 탔다.

그리고 엄마와 알로나 비치까지 걸어갔다. 길이 잘 닦여있지 않아 힘들었다!! 시간은 약 40분이 소요되었다. 중간에 모기가 많이 보여서 몽키호핑에 들러서 'off'라는 모기 기피제를 샀다. (작은 개별 포장 하나당 40페소) 바르는 식이라 뿌리는 식보다는 쓰기가 조금 불편하지만 효과가 엄청 좋았다.

비치에 예쁜 모래성이 있어서 사진을 찍었다. 또 대장금 옆 주스 가게에서 코코넛 주스와 셰이크를 둘 다 먹었다. (너무너무 맛있다♡♡♡)

다시 트라이시클을 타고 리조트로 와서 수영을 하고 워터슬라이드를 또 아주 많이 탔다. 계속 탔다. 타고 싶을 때까지 탔다. 내가 수영을 너무 열심히 했나? 지금 너무 힘들다. 얼른 자야겠다.

알로나 비치 근처에 있는 과일 셰이크 가게

알로나 비치 오른쪽(헤난 리조트 반대쪽) 해변을 따라 쭉 걸어가다 보면 바닷가에 검은 해조류가 많이 있는데 그곳은 성게가 많아서 들어가면 안 된다고 한다. 조심!

만나는 모든 것이 새로움의 연속

첫날만 피곤해서 꿀잠을 잔 줄 알았는데 어제도 꿀잠을 잤다. 여기가 한국보다 한 시간 느려서 그런 건지 한국에서는 밤에 쉽게 잠들지 못했는데 여기서는 눕자마자 잔다. 한국에 있을 때보다 햇볕도 많이 보고 많이 걸어 다녀서 그런 것 같기도 하다. 밤에 10시에 누워서 6시 30분에 저절로 눈이 떠진다. 한국 시간으로는 11시에 누워서 7시 30분에 눈이 떠지는 격이니 나에게 딱 맞는 시간 같기도 하다.

오늘은 아침에 팡라오 아일랜드 서쿰퍼런셜 로드(혼타노사스 로드)를 따라 걸어갔다. 가다가 'Namoo'라는 브런치 카페를 만났다. 이름이 '나무'인 걸 보니 한국인 주인이 하는 곳 같았다. 아침을 먹으려고 한번 들어가 보았다.

예상한 대로 사장님이 한국분이다. 두 내외분이 보홀에 정착하려고 이제 막 오픈을 했고 오늘이 오픈한 첫날이라고 한다. 아이가 좋아하는 작은 강아지 한 마리도 있었다. 에그 샌드위치랑 망고 셰이크를 시켰는데 망고 셰이크도 맛있고 에그 샌드위치도 정말 맛있었다. 아침 식사를 하고 아이는 강아지랑 놀고 나는 커피를 마시며 친절한 사장님과 이런저런 이야기를 나누었다.

이야기를 나누다가 트라이시클 가격을 물어보았다. 우리 숙소에서 알로나 비치까지 트라이시클의 가격은 과연 50페소인가 100페소인가. 나무 사장님도 100페소 비용을 내고 타고 다니신다고 한다. 그래서 숙소 사장님이 현지인 직원에게 트라이시클 비용을 물어보니 50이라고 했는데 나에겐 100페소를 받더라 이야기하니 사장님도 궁금하셨는지 현지인 직원에게 물어보았다. 세상에!! 직원이 30페소라고 말하는 것이었다. 너무 간극이 커서 사장님이 직원에게 몇 번을 다시 물어보았는데 30페소라고 한다. 아무래도 외지 관광객이니 조금 더 붙여서 받는 건 이해하지만 세배 넘게 받는 건 너무 비싸다고 생각했다. 다음부터는 50페소에 흥정을 해 보아야겠다.

숙소로 돌아오는 길에 사리사리에 들러서 물을 샀다. 사리사리는 길거리에 있는 작은 가판대 같은 곳이다. 500밀리는 15페소, 1l는 25페소를 받는다. 알로나 비치에서는 500밀리가 20페소, 1l가 30페소였다. 알로나 비치의 가게보다 동네 사리사리가 조금 더 싸다.

점심 식사를 하러 알로나 비치로 가기로 했다. 숙소 앞에서 트라이시클을 타면 100페소를 부르니 좀 나가서 걷다가 트라이시클을 탔다. "50페소?" 하니 바로 오케이를 한다. 숙소 앞에서 타면 안 되겠다. 아무래도 이 숙소에서 타는 한국 사람들이 많으니 기사들끼리 담합을 했나 보다.

알로나 비치로 가서 환전을 했다. 알아본 세 군데 중 다이아몬드 환전소가 가장 낮은 환율로 잘 바꾸어 주었다. (간판에 큰 다이아몬드가 그려져 있어서 그렇게 불렀다.) 보홀의 모든 환전소를 알아볼 수는 없으니 이제 환전소는 너로 정했다!

처음에 보홀에 올 때 로컬 식당으로 가면 식사비가 매우 싸다는 정보를 가지고 왔는데 첫날 둘째 날은 로컬 식당으로 들어갈 용기가 안 나서 숙소와 '나무'에서만 식사를 했다. 그런데 한 달 동안 삼시 세끼를 한국 식당에서만 사 먹는 것은 너무 평범한 일이다. 용기를 내어 로컬 식당에 도전하기로 했다. 그래서 오늘은 알로나 비치에 있는 로컬 작은 식당에서 식사를 했다. 이름은 '잭스 버거'. 클래식 버거 단품과 타코를 주문했다. 진짜 저렴하고 맛있게 한 끼 식사를 했다.

식사를 마치고는 오늘도 그 주스 가게로 갔다. 삼 일째 가니 가게에서도 반갑게 맞아준다. 오늘은 지후와 나, 둘 다 코코넛 셰이크를 주문했다. 어제 그제 모두 코코넛 셰이크를 시키면 안에 액체는 다 버리고 셰이크를 만들어주었는데 어제 코코넛 주스를 먹어서 그런지 오늘은 주스 줄까? 라고 물어보길래 "오! 땡큐 땡큐!!"를 외쳤다. 빨대를 꽂고 안에 코코넛 주스를 다 마시고 다시 껍데기를 주었더니 그 안에 과육으로 셰이크를 만들어준다. 뭔가 100페소를 번 느낌이었다.

주스 가게 바로 옆에는 환전소와 망고 가판대가 있는데 환전소는 다이아몬드보다 비싸고 망고는 어제 간 가게보다 10페소가 쌌다. 오늘은 여기서 망고를 샀다.

알로나 비치에서 숙소로 돌아가는 길. 우리 숙소 이름만 대면 무조건 100페소를 부른다. "눕! 50페소!" 이번엔 무조건 50페소! 결국 50페소에 흥정을 하고 타고 숙소로 돌아왔다.

여행을 할 때 미리 그 지역에 관한 책을 사서 보면 기억에도 오래 남고 더 알찬 여행이 된다. 그래서 이번에도 보홀에 관한 책을 사 왔다. 한국에서 현재 판매되는 보홀 관련 책은 총 3권이 있었는데 그중 가장 최신 책으로 구입하여 이곳으로 가지고 왔다. 가이드북을 보며 일부는 인터넷으로 자세한 정보를 찾았다. 그렇게 찾으며 가고 싶은 식당 리스트를 추려보았다.

- 마이크스 버거(우리가 묵는 숙소 근처)
- 파얀(알로나 비치점)
- 웍바
- 알로나 히든 드림
- 마길레오
- 아웃백 바앤그릴
- 빌라 포르모사
- 로스트 호라이즌(저녁 7시~11시 해피아워에는 맥주가 35페소)
- 코코비다
- 헬멋 플레이스

그런데 찾아가 보니 없는 식당이 몇 개 있었다. 아마도 코로나 시기를 못 버티고 문을 닫았나 보다. 오늘 확인한 없어진 집은 '웍바'와 '파약(알로나 비치점)' 두 곳이다. '마이크스 버거'는, 가게는 있는데 문은 계속 닫혀있다. 영업을 안 하는 건지 아니면 잠깐 쉬는 건지 모르겠다. 내일 또 다른 식당들을 찾아보아야겠다.

이제 막 개업한 식당 나무에 갔다. 사장님 두 분 모두 한국 사람이다. 음식은 살짝 비싸지만 위생적이고 맛있다. 특히 망고 셰이크는 생망고를 갈아서 만든다. 위생적이고 맛있어서 마음에 든다. 하얀 강아지도 있는데 아주 귀엽다. 이름이 '해피'다. 사장님이 같이 놀아도 된다고 허락해주셔서 해피랑 놀아서 정말 좋았다. 강아지를 좋아해서 이 식당에 자주 오고 싶다.

　페소로 바꾼 돈이 약간 떨어져 가서 달러를 페소로 바꿨다. 엠루엘리에라는 환전소인데 줄이 많이 길었다. 여기가 환율이 가장 유리해서 그렇다. 환전을 한 다음 잭스 버거에 갔다. 알로나 비치 로드 한복판에 있는 작은 가게다. 엄마는 타코, 나는 버거를 먹었다. 잭스 버거는 우리가 일반적으로 알고 있는 패스트 푸드 햄버거보다 더 싱싱하고 덜 짠 맛이다. 시설이 깨끗하지는 않다. 작은 도마뱀이 벽에 기어다니는 것을 보았다. 처음에는 좀 놀랐는데 무섭지는 않다. 아주 작고 앙증맞게 생겨서 계속 보다 보면 무섭기보다는 귀엽다. 그런데 이 작은 도마뱀이 벌레들을 잡아먹어서 도마뱀이 사는 집들은 벌레가 별로 안 나온다고 한다. 이 생각을 하고 도마뱀을 보면 고맙기까지 하다.

　식사를 하고 리조트로 돌아와서 수영을 하고 워터슬라이드를 또 엄청 많이 타고 놀았다.

돌호 비치의 인생 선셋

우리가 묵는 숙소에
는 따로 빨래를 할 수 있
는 곳이 없어서 빨래하
는 곳을 찾아갔다. 숙소
에서 나와 오른쪽으로
200m 정도 걸어 올라
가면 '얀나 스토어'라는
곳이 나오는데 거기서
빨래를 받아준다.

무엇보다 가까워서 좋았다. 세탁 후 말려서 접어주는 것까지 해준다고 한다. 우리가 가져간 빨래는 4kg이었는데 무게당 요금을 받는다. 수건은 물에 젖으면 무거우니 다 말려서 가는 것이 좋겠다. 빨래는 총 190페소다. 아침에 맡겼는데 당일 오후 5시 이후에 찾으러 오라고 한다. 알로나 비치에서 본 빨래해주는 곳은 빨리 찾으면 비싸고 다음 날 찾으면 더 저렴했는데, 여기는 당일 오후에 찾을 수 있고 가격도 알로나 비치보다 저렴했다.

빨래를 맡기고 아이가 강아지가 보고 싶다고 아침은 나무에서 먹자고 해서 그러기로 했다. 어제는 나무까지 걸어가도 별로 덥지 않았는데 오늘은 많이 덥다. 오늘은 날씨가 어제보다 더 화창하고 더우려나 보다.

식사를 마치고 돌아오는 길에 아이가 과자를 사고 싶다고 한다. 사리사리에서 과자를 골랐다. 아이가 고른 과자는 노란색 예쁜 색깔 봉지로 포장된 '버터 코코넛'이었다. '우리나라에도 똑같은 과자가 있는데.'라고 속으로 생각했다. 먹어보니 맛도 아주 비슷했다.

저녁에는 '모달라 비치'에 갔다. 그런 곳이 있는 줄도 모르다가 나무

사장님이 소개해주셔서 가게 되었다. 모달라 비치의 원래 이름은 '돌호(Doljo) 비치'인데 모달라 비치 리조트라는 곳의 프라이빗 비치라서 모달라 비치라고도 부른다.

　모달라 비치로 가려고 숙소 앞에서 트라이시클을 잡았다. 모달라 비치라고 하니까 250페소를 달라고 한다. 예상보다 많이 비싸서 내 눈이 동그래졌다. 속으로만 놀라고 아무 말도 하지 않았는데 내 눈이 너무 커졌는지 기사분도 내 표정을 보고 흠칫 놀란다. 그러더니 이내 다시 200페소만 달라고 한다. 거기는 먼 곳이라서 비싸다는 말을 덧붙인다. 일단 200페소로 합의를 하고 가기로 했다.

　돌호 비치로 가는 길은 알로나 비치로 가는 길과 분위기가 달랐다. 알로나 비치로 가는 길은 사람 사는 동네라기보다 여행객을 위한 작은 리조트나 식당들이 있는 느낌이었는데 돌호 비치로 가는 길은 마을의 느낌이 났다. 집들도 있고 학교도 있다. 가정집인 것 같은데 쓰레기를 태우는지 연기도 나고, 알로나 비치 쪽의 식당이 여행객을 위한 식당 분위기라면 이쪽에 있는 식당은 그런 분위기가 아니라 현지 주민들을 위한 식당 느낌이 들었다. 여기가 주민들이 사는 마을이구나 싶었다. 그러고 보니 가는 길에 성 어거스틴 성당도 있었다.

돌호 비치는 리조트에 딸린 프라이빗 비치라 그런지 알로나 비치보다 많이 한적했다. 백사장과 바다색은 알로나 큐 화이트 비치가 더 좋은 반면, 돌호 비치는 노을이 굉장히 예뻤다. 정말 예쁜 선셋이었다. 다른 곳에서도 예쁜 선셋을 보았겠지만 유난히 돌호 비치에서의 선셋은 기억에 남는다. 하늘이 핑크빛으로 물들고 무지개도 떴다. 신기하게 하늘색이 너무 예뻐서 사진을 찍으면 그다음에 더 예쁜 색으로 물들었다. 그렇게 감히 인생 선셋이라는 생각을 하고 모달라 비치 리조트 안의 식당으로 저녁을 먹으러 갔다.

'보홀 비 팜'이라는 식당에 들어가서 피자와 파스타를 시켰다. 치즈 피자는 간이 딱 입맛에 맞았고 파스타는 너무 짜서 다음에 이곳에 또 오게 되면 '레스 솔트 플리즈(Less salt, please)라고 말해야지.' 생각했다. 아이랑 둘이 이렇게 2개를 시켰는데 파스타는 먼저 나와서 다 먹고 피자는 두 조각만 먹고 다 남았다. 포장해가고 내일 아침 식사로 먹어야겠다.

가격이 아주 비싸진 않다고 생각했는데 계산할 때 보니 부가세(vat)가 따로 붙었다. '보홀 비 팜 아이스크림'이 유명하다고 해서 나오면서 디저트로 아이스크림도 하나 샀다. '솔티드 허니 아이스크림'이 보홀 비 팜의 시그니처라고 한다. 그래서 솔티드 허니를 골랐는데 생각보다 짭짤했다. 맛이 없진 않았는데 나는 두 번은 안 먹을 것 같다.

날이 어둑어둑해졌고 이제 숙소로 돌아가야 한다. 모달라 비치 리조트 앞에 있는 트라이시클로 갔다. 숙소 이름을 대고 "하우 머치(How much)?" 물어보니 기사님이 잠깐 망설이다가 150페소를 이야기한다. 헙! 올 때 바가지를 썼군, 생각했다. 그런데 기사님이 말하길, "나 어제 너 알로나 비치에서 50페소에 태웠어. 원래 100페소인데 너가 비싸다고 했잖아."라고 한다. 이제 숙소에서 돌호 비치까지 나의 적정 가격은 150페소로 정한다.

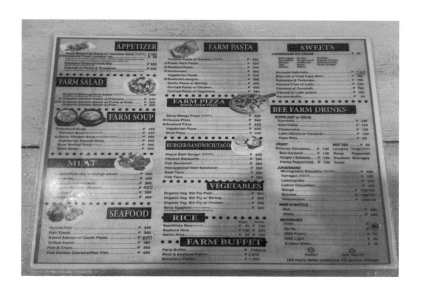

모달라 비치 선셋과 무지개

빨래를 해야 해서 우리는 빨래방에 빨래를 맡겼다. kg으로 가격을 받으니 물을 빼고 압축하는 것이 좋다. 그리고 사리사리에서 물이랑 버터 코코넛이라는 과자를 샀다. (버터 코코넛 20페소, 물 30페소)

나무 사장님께서 추천해주신 모달라(돌호) 비치에서 석양을 봤다. 너무 예쁘다. 하지만 수영은 하지 말 것! 물이 조금 더러워 보였다.

우리는 허니 비 팜에서 파스타와 치즈피자를 먹었다. 엄마가 자꾸 나보고 직원한 테 영어로 말해보라고 했다. 부끄러워서 말을 못 하겠는데 자꾸 시켰다.

그리고 솔티드 허니 아이스크림을 먹었다. 아이스크림은 한국에서 가는 3가지 아이스크림 가게보다 맛있었다. 아이스크림 맛은 소금 뿌린 버터 맛이었다. 처음 먹 어보는 아이스크림 맛이어서 좋았다.

벌써 날이 깜깜해졌고 트라이시클을 타고 숙소로 왔다.

한 달이라도 좋아, 보홀이라면!

온전히 하루 종일 내 시간

　오늘 아침 식사로는 어제 남겨온 피자를 데워먹었다. 숙소 식당에 "마이크로웨이브, 플리즈."라고 말하니 친절하게 데워주었다. 수영장 옆 테이블에서 야자수를 보며 아침 식사를 했다. 평화롭고 좋았다.

　기분 좋게 아침 식사를 마치고 어제 맡긴 빨래를 찾아왔다. 정말 칼 주름으로 접어서 비닐에 딱! 패킹을 해서 주었다. 어제 빨래를 맡길 때는 여자분이 주인으로 있었는데 오늘은 아저씨가 나와 있다. 빨래 를 맡길 때, 숙소에서 빨래 모으는 통으로 쓰던 가방에 빨래를 담아 같이 주었다. 그런데 빨래 가방은 같이 주질 않는다. 그래서 빨래 가 방을 달라고 말했다. 아저씨가 이 층으로 올라가서 막 찾아보더니 못 찾겠다며, 아내는 탁빌라란에 갔으니 아내가 돌아오면 물어보고 숙소로 가방을 가져다주겠다고 한다. 사실 그 빨래 가방이 그렇게 다시 배달까지 해줄 만한 가방은 아니다. 그래도 나는 이곳에서 그 가방을 빨래통으로 써야 하니 필요했다. 한국에서는 아주 흔한 약간 빳빳한 장바구니 같은 타포린 가방인데 여기서는 이렇게 꼭 필요하게 되다니, 장소에 따라 필요가 달라진다는 생각이 들었다.

어쩌면 사람도 마찬가지인 것 같다. 어느 곳에서는 많은 사람들 중의 한 명일 수도 있고, 다른 어느 곳에서는 꼭 필요한 사람일 수도 있다. 갑자기 어디에선가 보았던 이야기가 생각났다.

이야기는 이렇다. 어떤 아버지가 아주 오래된 고물 자동차를 아들에게 주고 중고차 시장과 골동품 가게를 가보라고 했다. 같은 차를 보고 중고차 시장에서는 낮은 가격, 골동품 가게에서는 가치가 있는 희귀한 차라며 높은 가격으로 사겠다고 했다. 아들이 아버지에게 두 가게에서 제시한 가격을 각각 말씀드리니 아버지가 "너도 마찬가지다. 너를 귀하게 여기는 곳으로 가거라." 했다는 이야기. 내가 귀중하게 대해질 곳은 어딘가에 꼭 있을 것이니 언제나 나를 귀하게 여기고 정진하다 보면 나에게 맞는 자리가 반드시 있다는 이야기일 것이다.

빨래 가방의 행방에 여러 가지 생각이 드는 시간이었다. 작은 것에도 갑자기 의미를 부여하게 되는, 그것이 여행인가 보다.

숙소로 돌아와 빨래 비닐을 뜯어보았다. 기대했던 것과 다르게 바싹 말라 있지 않고 축축했다. 특히 좀 두께가 있는 수건 같은 것은 더 축축했다. 바싹 말라야 기분이 좋은데, 싶었다.

아이 얼굴이 너무 타서 오늘은 낮에 수영을 하지 않았다. 시간이 많이 남으니 숙소에서 뒹굴거리며 책을 읽었다. 한국에서는 시간표에 매인 생활을 했는데 여기서는 이런 빈둥거림을 즐기다니, 좋다. 오늘 하루 수영을 쉬어서 얼굴은 좀 진정된 것 같다.

저녁에는 슬슬 알로나 비치로 나가 졸리비에서 저녁을 먹었다. 나는 치킨 1개, 라이스 1개, 립톤 세트를 먹었고 아이는 버거 1개, 감자튀김 1개, 립톤 세트를 먹었다. 졸리비는 필리핀 현지 패스트푸드 프랜차이즈이다. 여기는 카드가 되어서 카드로 계산을 했다. 276페소가 나왔다. 라이스는 주먹밥처럼 종이에 단단히 싼 맨 밥이었다. 아이는 먹어보더니 설익은 밥맛인데 이상하게 소화가 잘될 것 같은 느낌이라고 한다.

밥을 먹고 이번에도 매일 가던 과일주스 가게를 갔다. 코코넛 셰이크를 2개 시키고 주스를 먹어도 되냐고 물어보니 코코넛을 손질해준다. 안에 주스를 다 마시고 코코넛 셰이크까지 먹으니 정말 배가 불렀다.

알로나 비치를 걷고 있으니 호핑[2]을 하라는 호객꾼들이 말을 건다. 마침 다음 주에 친구가 오기로 해서 같이 호핑을 가려고 알아보았다. 나에게 말을 건 사람은 제임스 브라운이라는 사람인데 자기 배가 있어서 4명이면 프라이빗 호핑이 가능하다고 흥정을 해왔다. 4명에 4,500페소라고 이야기해서 좀 깎아달라고 하니 4,000페소로 해준다고 한다. 싼 건지 비싼 건지 모르겠다. 그냥 적당한 가격 같아서 계약을 하기로 했다.

안전한 것이냐고 물어보니 구명조끼를 입어서 안전하고 또 본인의 배는 크기가 크다고 설명한다. 디파짓(예약금)을 1,500페소 달라고 하길래, 길 가다 만난 사람에게 무턱대고 돈을 줄 수는 없어서 그렇게는 못 한다고 했다. 그랬더니 디파짓을 500페소만 하라고 한다. 기름도 넣어야 하고 준비를 해야 해서 디파짓이 필요하다고 한다. 그래서 500페소를 디파짓했다. 왕복 픽업 비용과 스노클링 장비는 다 빌려주

---

2) 호핑(Hopping): 이리저리 뛰어다닌다는 뜻으로, 동남아시아 여행 시 바다와 섬에서 다양한 체험을 하는 것

는 대신, 입장료와 점심 식사는 불포함이라고 한다. 다음 주 수요일에 예약했는데 꼭 만나기를.

아이가 헤나[3]를 해보고 싶다고 해서 알로나 비치에서 헤나하는 사람을 찾았다. "하우 머치?"하고 물어보니 디자인마다 다르다고 한다. 아이는 귀여운 돌고래 모양을 골랐다. 앞에 먼저 그림을 그리고 있는 사람이 있어서 우리보고 잠깐 웨스턴 호텔 바 의자에 앉아서 기다리라고 한다. 그래서 테이블 한쪽에 자리를 잡고 앉았다. 같은 테이블에 필리핀 여자분이 앉아서 음식을 시키고 있었는데 음식이 나오니 나보고 좀 먹어보라고 한다. 그러면서 스몰 토크(잡담, 수다)가 시작되었다.

자기는 보홀 공항 이미그레이션 센터(입국 관리 센터)에서 일하는 사람인데 아이들과 잠깐 여기로 휴가를 왔다고 한다. 여기 사냐고 물어보니 자기는 일 때문에 여기 살고 아이들과 남편은 다른 도시에 산다고. 어느 도시냐 물어보니 '민다나오'라고 한다. 아, 민다나오, 들어본 적 있다고 이야기했다.
이후, 그녀는 말하길, "아이들이 바다에서 노는 동안 여기서 기다

---

3) 헤나: 식물에서 추출한 염료로 피부나 머리카락을 염색하는 것. 문신과 달리 시간이 지나면 금세 지워진다.

리고 있는 중이다.", "나는 아이가 여섯이다."라고 말했다. "오! 여섯?" 내가 놀라는 표정을 짓자 한국은 보통 아이가 몇 명이냐 물어오기에 (나 한국 사람이라 이야기한 적 없는데 어찌 알았지?) "한 명, 두명, 또는 세 명이다."라고 대답해 주었다. 그랬더니 한국에서 세 명은 너무 많은 거냐고 물어와서 "It isn't too much. It's just a little bit much(너무 많지 않아요, '그냥' 많은 거예요)."라고 말해주었다. 첫째 아이는 간호사고 막내는 2살이라고 한다. 여섯 아이니 터울도 엄청 크다. 아이를 키워본 엄마는 모두 공감하겠지만 6명을 낳고 키우다니 정말 대단하다. 내가 영어를 아주 잘하면 나의 존경의 마음을 표현할 텐데 그렇지 못해 아쉬웠다. 외국인에게 친절한 필리핀 사람과 이야기를 한 즐거운 시간이었다. "It was a great time(아주 좋은 시간이었다)!"

필리핀 휴양지에는 휴가를 즐기는 필리핀 현지 사람과 여행객에게 동냥을 하러 다니는 필리핀 아이가 동시에 공존한다. 빈부격차가 극단적으로 드러난다.

내 빨래 바구니는 오늘 숙소로 돌아오지 않았다. 더 필요한 사람에게 갔으려니 하고 생각하기로 했다.

어제 맡긴 빨래를 찾아왔다. 가방은 못 찾았다. 나중에 준다고 했다.

얼굴이 너무 타서 수영은 오늘 스킵! 제임스 브라운 아저씨한테 호핑 투어를 예약했다. 4,000페소로 4명이 즐길 수 있는 프로그램을 신청했다. 프로그램 내용은 <1. 돌핀 워칭 2. 프라이빗 투어 3. 버진 아일랜드 4. 보트 페어 5. 스노클링 6. 발라카삭 아일랜드 7. 터틀 워칭>을 신청했다. 500페소를 미리 냈다.

졸리비에 가서 버거, 치킨, 밥을 먹었다. 맛있고 나무랑 가격도 비슷하다. 위치는 맥도날드 알로나 옆에 있다. 밥은 주먹밥처럼 주는데 약간 설익은 것 같다.

보홀로 여행을 오기 전, 보홀에 관한 여행 책자를 보았는데 헤나라는 것이 있었다. 헤나는 시간이 지나면 지워지고 다양한 모양으로 그림을 그릴 수 있어서 보홀에 가면 한번 해보고 싶었다. 그래서 엄마에게 헤나를 하고 싶다고 말씀드렸다.

알로나 비치에 헤나를 그려주는 아저씨가 있어서(머리가 길고 묶고 있어서 아줌마인 줄 알았는데 엄마가 아저씨라고 그랬다. 엄마는 남자인 줄 어떻게 알았는지 궁금해서 어떻게 알았냐고 물어봤는데 그냥 알았다고 한다. 신기하다) 헤나를 드디어 할 수 있게 되었다.

여러 가지 그림이 있는 책자가 있었는데, 아저씨가 이 그림 중에 무슨 모양을 할지 고르라고 했다. 보홀에 왔으니 보홀과 어울리는 모양으로 그려야지. 고래상어 모양과 돌고래 모양이 있어서 고래상어를 할까 돌고래를 할까 고민했다. 둘 중에 뭐로 할까 잠시 고민하다가 고래상어보다 돌고래가 예뻐 보여서 돌고래를 선택했다.

팔에 그림을 그릴 때 아프지는 않았는데 꽤 간지러웠다. 300페소였고 그림은 2주 정도 간다고 한다. 돌고래 무늬가 아주 멋지고 마음에 든다.

걸어가 보자

오늘은 토요일이다. 그런데 매일 아침에 일어나 뒹굴대니 주말인지 아닌지 구분이 되질 않는다. 날짜를 보고서야 주말인 줄 알았다. 이런 여유로움이 너무 좋다. 아침을 먹으러 나무에 갔다. 사장님 부부가 반갑게 맞아주셨다. 아이가 해피를 보고 싶어 해서 겸사겸사 나무에 갔는데 해피가 안 보였다. 오늘 단체 손님이 있어 해피를 집에 두고 나오셨다고 한다. 해피가 있으면 일을 못 한다고.

문득 해피랑 아이가 똑같다는 생각을 했다. 아이를 데리고 일하는 건 진짜 힘들다. 애가 자꾸 나를 봐라, 이거를 해 달라, 내가 한다 그러니 일이 진행이 안 되고 흐름도 자꾸 끊긴다. (그래도 물론 아이는 예쁘다.)

집에서 키우는 반려견들도 아기처럼 사람한테 자꾸 치대는 것 같다. 반면에 길거리 개들은 혼자서도 잘 논다. 특히 보홀 길거리에는 개들이 참 많다. 집에서 키우는 걸 풀어 놓은 것인지 혼자 돌아다니는 것인지는 모르겠지만 개들이 길거리를 느긋하게 돌아다닌다. 이런 걸 보면 환경이 성격을 만드나 싶다. 이제까지 아이들 성격은 타고난 기질이 크다고 생각했는데 강아지를 보니 성격도 환경을 타나 싶다.

식사를 마치고 숙소로 돌아왔다. 아이는 책을 보았다. 책을 본 후 학교 방학 숙제인 독서록을 한 편 썼다. 일주일에 한 편씩 쓰는 것이 학교 방학 숙제이다. 보홀에 와서도 자기 할 일을 하는 걸 보니 기특하다. 수영장 옆 테이블에 앉아서 독서록을 쓰는 모습이 내 눈에는 정말 그림 같았다. 휴가지에 와서 바닷가 옆에서 책을 읽는 그런 평화로운 그림처럼 말이다.

오늘은 저녁 식사를 알로나 비치 쪽이 아닌 어제 트라이시클을 타고 가본 마을 쪽으로 가서 먹기로 했다. 식당이 나올 때까지 무작정 걸어가기로 했다. 시간에 쫓길 일도 없으니.

슬슬 걸어가는데 어떤 아이가 내 빨간색 빨래 가방을 가지고 뛰어온다. 얀나 스토어 아이인가 보다. 눈이 마주치니 나를 알아본다. 와서 가방을 건네주며 "쏘리."라고 한다. 여기까지 가지고 뛰어와 준 것이 고맙다. 웃으며 "땡큐!"라고 했다.

　가방을 받고 계속 길을 걸었다. 주택들이 쭉 있고 사리사리도 있고…. 그런데 가도 가도 식당은 안 나오고 현지 식당 같은 곳이 몇 곳 있었는데 아저씨들만 많이 있어서 못 들어갔다. 며칠 보면서 느낀 건데 필리핀 식당에 손님들은 남자들만 있고 여자들은 없다. 여자들은 가게 등에서 서빙하는 사람만 있다. 여자들은 다 어디 간 걸까? 사리사리 같은 곳은 여자들이 지키고 있는데 여자들은 그런 작은 가게나 리조트 등에서 서비스업으로 일하고, 로컬 식당을 낮에 방문하는 사람은 트라이시클 기사분들이라 다 남자만 있는 건가 싶다. 아이에게 "식당에 손님으로는 다 필리핀 남자들만 있는 것 같지 않아?" 하니 "응. 여자들은 다 아기 보러 가고 남자들이 돈 벌러 나와서 식당에 식사하러 온 거 아니야?" 한다. 진실은 모르겠다.

　삼십 분쯤 걷다 보니 외관이 매우 깔끔하고 예쁜 식당이 하나 나왔다. 배도 고프고 반가워서 얼른 들어갔다. 갔더니 "안녕하세요?" 인사하신다. 한국 식당이다. 식당 이름은 '우베코'. 인테리어도 예쁘다. 너무 배가 고파서 일단 먹었다. 튜나 레몬 스파게티를 시키고 아이는 커리를 시켰다. 둘 다 아주 맛있었다. 배가 고파서 그런지 스파게티 양은 적었다. 커리 양은 충분했다. 집에서 자주 해 먹는 카레ㅇ왕 망고 맛과 비슷하다. 그만큼 한국인 입맛에 맞는 맛이라는 뜻이겠지.

맛있게 다 먹고 계산을 하는데 가지고 있던 현금이 20페소가 모자랐다. 카드는 안 되지만 다행히 카카오로 송금이 가능했다. 그래서 원화로 송금을 했다. 페소로는 850페소, 원화로는 21,222원.

식당 밖도 정원이 예쁘게 꾸며져 있어서 정원을 구경하며 잠시 아이와 사진을 찍었다.

우베코에서 십 분 정도만 더 걸어가면 '성 어거스틴 성당'이 있어서 성당에 가보기로 했다. 걷다 보니 큰 공원이 나와서 공원엘 잠깐 들렀다 가자고 했다. 공원 가까이 가자 새 소리가 아주 많이 들린다. 아이에게 "여기 새가 엄청 많은가 봐!" 했더니 아이가 나무 위를 손가락으로 가리킨다. 정말 새가 나무에 열매 마냥 주렁주렁 매달려 있다.

그러더니 이번엔 아이가 손가락으로 바닥을 가리킨다. 으악! 내 발밑에 새똥이 엄청 많았다! 새똥이 없는 곳으로 급하게 뛰었다. 그런데 공원인 줄 알았던 그곳이 바로 성당이었다. 부지가 넓고 나무가 크게 있어 공원인 줄 알았다.

성당 건물 앞에는 큰 돌판에 십계명이 영어로 쓰여 있었다. 돌판에 십계명. 뭔가 상당히 운치 있다.

성 어거스틴 성당 내부. 가운데 누워 있는 것은 개다.
지나가던 개가 잠을 자는 것 같다.
예배 중 교회 안에 개가 자유롭게 들어와서 평화롭게 자는 모습이 인상 깊었다.

성당을 둘러보고는 트라이시클을 타고 숙소로 왔다. 150페소를 부르길래 100페소로 흥정을 했다. 오는 길에 얀나 스토어에 가서 'off(모기 기피제)'를 사고 숙소로 돌아와서 하루 일정을 끝냈다.

나무에서 아침을 먹었다. 나무에 해피(강아지 이름)가 없어서 아쉬웠다. 해피가 없어서 나는 조금 아쉬웠지만 식사는 맛있었다.

아침 식사를 하고 숙소로 와서 책을 보고 학교 방학 숙제인 독서록을 썼다.

점심을 먹으러 엄마와 무작정 돌호 비치 쪽으로 걸어가는데 너무 더웠다. 걷다 보니 '우베코'라는 식당이 나왔다. 한국인 사장님이 주인이었다. 식당은 주황색 조명으로 인테리어가 되어 있었다. 조명도 분위기도 마음에 들었다. 나는 커리, 엄마는 파스타(또?)를 먹었다. 너무 맛있어서 보홀에 오는 사람마다 우베코에 꼭 가보라고 이야기해주고 싶다.

우리는 창가 쪽에서 밥을 먹었다. 야외 정원 쪽 식탁에서 밥을 먹는 외국인 가족이 있었는데 그중 어떤 아저씨가 먹방 방송을 하고 있었다.

다른 가족들은 식사를 하면서 서로서로 이야기도 하는데 먹방 아저씨는 휴대폰 카메라를 틀어놓고 계속 카메라를 보고 먹기만 했다.

우베코에서 밥을 먹고 난 다음은 다시 8분 동안 걸어가다가 성 어거스틴 성당을 밨다. 성당은 조금 오래된 건물 느낌이 났다. 필리핀 현지어로 설교를 해서 하나도 못 알아들었다.

해가 지고 숙소에서 수영을 또 마음껏 했다. 수영을 마음껏 할 수 있어서 좋다. 거기다 수영장에 나밖에 없어서 그것도 좋다. 왜냐하면 내가 어떻게 수영을 하든 아무도 뭐라고 하지 않으니 내 마음대로 수영을 할 수 있어서 좋다. 그리고 워터슬라이드도 탔다. 예이~ 즐겁다!!

보홀에 오자마자 ICM을 가서 맨 먼저 장을 봐오는 것을 추천한다. ICM은 뒤에 소개할 대형 마트인데 여기서 모기 기피제 'off'도 팔고 공산품 등 가격도 저렴하다. 모기 기피제는 동남아시아 여행 시 꼭 필수품으로 챙기고 항상 꼼꼼히 발라야 한다. 뎅기 바이러스를 가진 모기에 물리지 않도록 조심해야 하기 때문이다. 모기에 물리면 뎅기열이라는 병에 걸릴 수 있는데 뎅기열은 치사율이 높으니 꼭 조심해야 한다.

그림 같은 풍경

　벌써 보홀로 날아온 지 일주일이 지났다. 시간이 참 빨리 간다. 아이는 보홀에 와서 하루에 수학 한 시간 정도, 영어 한 시간 정도, 국어 문제집 2장, 영어단어 15개를 외운다. 잠깐 온 휴가가 아니라 한 달 동안 사는 곳을 바꾼 것뿐이니 마냥 놀 수만은 없다. 물론 보홀까지 와서 하는 공부를 애가 막 좋다고 하는 건 아니다. 하긴 하는데, 해야 하는 걸 알긴 아는데, 가끔은 안 좋아한다.

　따라서 나도 가끔 이야기해준다.

　"공부를 하는 건 하기 싫은 걸 참고 인내하는 과정이야. 네가 앞으로

90년을 더 살아야 하는데 그동안 좋은 것만 할 수는 없거든. 그걸 지금 연습하는 거야. 열심히 하는 것, 그게 공부의 가치야."

"그리고 엄마 말 잘 들어. 당장 하기 좋은 건 장기적으로 나쁜 것들이 많아. 사탕, 초콜렛, 젤리 같은 것은 입에 들어가는 당장은 정말 맛있고 좋지만 장기적으로 나쁜 건 너도 알지?"

"당장 싫지만 참으며 하는 것들이 너에게 도움이 되는 것일 때가 많아. 공부도 그중에 하나야. 영어를 배우면 배울 때는 좀 힘이 들어도 여러 나라 어디에서라도 이야기할 수 있는 친구를 만들 수 있고 네가 원하는 걸 이야기 할 수 있잖아."

아이가 수영장 옆 테이블에서 일기를 쓴다. 엄마 눈에 정말 그림 같은 풍경이라 사진을 한 장 찍었다.

오늘은 아침부터 얇은 비가 내린다. 짧은 여행을 계획했을 때는 흐리거나 비가 오면 마음이 급했는데 긴 여행은 비 오는 날도 좋다. 느긋하게 하루를 보낼 수 있으니 내리는 비가 하나도 성가시지 않다. 숙소 지붕이 짚으로 되어있는데 짚으로 된 처마 너머로 내리는 비가, 수

영장 수면 위로 여울져 떨어지는 비가 아름답다.

　점심을 먹으러 알로나 비치로 갔다. 오늘은 '게리스'라는 곳을 갔다. 게리스 그릴은 필리핀에서 유명한 식당인데 여긴 그냥 게리스만 쓰여 있다. 같은 곳인지 아닌지 모르겠다. 치킨과 매운 치즈 스틱, 플레인 라이스를 시켰다. 매운 치즈 스틱은 고추 안에 치즈를 넣고 만두피 같은 걸로 감싸서 튀긴 음식이었다. 많이 맵지는 않았고 고추로 튀겨서 '매운'이라는 이름이 붙었나 보다. 그런데 치킨과 치즈 스틱 모두 다 간이 짰다. 치킨은 특히 너무 짰다. 밥이라도 시켜서 다행이다. 그래도 짜서 결국 많이 남겼다. 식사하러 두 번은 안 올 것 같다는 생각을 했다. 현금이 모자라서 카드가 되냐고 하니 카드 계산이 된다고 한다. 칠리 치즈 스틱 235페소, 프라이드 치킨 435페소, 플레인 라이스 50 페소에 서비스 차지(팁)가 32.14페소가 붙었다.

　식사를 하고 항상 가던 그 주스 가게로 갔다. 코코넛 셰이크를 시키니 오늘은 안 된다고 한다. 코코넛 안에 코코넛 과육이 너무 얇아서 셰이크를 못 만든다고. 양심적이다. 대충 조금만 넣어서 갈아서 만들 수도 있을 텐데.
　그래서 망고 셰이크를 시켰다. 그리고 옆에 망고 가판대에서 망고를 샀다. 그런데 오늘은 망고가 1kg에 150페소라고 한다. 매일 매일 가격이 달라지냐 하니 그렇다고 한다.

   망고를 사고 '할로 망고'로 갔다. 할로 망고는 필리핀에 있는 망고를 주제로 하는 디저트 가게이다. 한국인이 주인이라고 한다. 망고 아이스크림을 먹었다. 아이스크림에 눈이 달린 게 아주 귀여웠다.

어제 나무에서 테이크아웃한 음식을 먹었다. 하루가 지나서 그런지 어제만큼 맛있지는 않았다. (ㅠㅠ)

수영하면서 햇빛을 많이 받으니 얼굴이 타서 따갑다. 엄마는 얼굴이 타지 않게 챙이 넓은 수영 모자를 꼭 써라 등등 이야기를 하시는데 수영 모자를 쓰면 물안경을 쓸 수 없고 물안경을 안 쓰면 수영장에서 잠수도 할 수 없다. 잠수도 하면서 재미있게 수영을 하려면 챙이 있는 수영 모자를 쓰지 못한다. 그런데 모자를 안 쓰면 얼굴이 탄다.

모자를 쓰면 수영을 못 하고 그렇다고 모자를 안 쓰고 수영을 하면 얼굴이 탄다. 완전 답이 없다. 그래서 엄마는 얼굴이 안 타게 그늘에서만 놀라고 하시는데 놀다 보면 그게 잘 안된다. 놀다 보면 햇볕 있는 쪽으로도 가게 된다. 결국 얼굴이 많이 탔다.

바셀린을 바르면 그나마 나을 것 같아서 바셀린을 듬뿍~~ 듬뿍~~ 퍼 발랐다. 피부가 괜찮아지는 느낌이다.

저녁에 '할로 망고'라는 가게에 갔다. 망고 아이스크림 맛이 3가지 맛의 아이스크림을 파는 그 가게의 망고 아이스크림 맛과 비슷했다.
그래도 초콜릿 눈알도 붙여주고 생망고도 같이 줘서 더 특별
하긴 하다.

이 가게에 앉아서 아이스크림을 먹었는데 k-pop 뮤직
비디오를 틀어주고 노래도 나와서 반가웠다. 내가 아는 노
래가 나오니 신나고 좋았다.

D+8

사람을 온전히 키워낸다는 것은

월요일이다. 이제 완벽한 일주일이 지났다. 아침 식사로 어제 사 온 망고를 먹었다.

아이는 강한 햇볕이 걱정되어 오늘도 수영을 하지 않는다고 한다. 저녁에 해가 떨어지고 난 후 수영을 하든지 해야겠다.

오늘은 룸 정리랑 베딩(bedding) 교환을 부탁드렸다. 룸 정리를 하는 동안 우리는 수영장 옆 테이블로 나와서 아이는 할 일을 하고 나는 일기를 쓴다. 현재 기온은 섭씨 26도로 나는 적당한 것 같은데 아이는 습하다고 공부를 못 하겠다고 한다. 그래서 망고 셰이크를 시원하게 마시고 수학 공부를 하자고 설득했다. 숙소 식당의 망고 셰이크는 220페소이다. 알로나 비치보다 100페소나 비싸다. 흑. 그래도 아이는 망고 셰이크를 먹을 생각에 기분이 좋아져서 다시 공부를 열심히 한다고 한다.

가끔은 아이를 키우는 것이 힘들어도, 이 세상에 데려다 놓았으니 내가 해줄 수 있는 것은 해 주어야겠지. 대신 스스로 할 수 있는 것, 스스로 해야 하는 것, 그리고 해 줄 수 없는 것은 해 줄 수 없다고 말해야 겠지. 세상에 모든 좋은 것은 다 주고 싶은 것이 엄마 마음이지만 내 능력을 넘어서는 것까지 해줄 수는 없을 거다.

아이가 태어나기 전엔 사람 하나를 온전히 키워내는 게 이렇게 어려운 일인 줄은 상상도 못 했다. 나는 아이를 바르고 멋진 사람으로 키워내고 싶다. 처음부터 본인 성품이 바른 사람이라 아이가 내 뒷모습만 보고 자라도 잘 자랄 수 있어서 편안하게 육아하는 사람들도 있겠지만 나는 완벽한 사람이 아니어서, 아이를 바르게 키우려면 나부터 다 잡아야 한다. 그래서 아이에게 뭘 하기도 전에 벌써 그 점이 힘이 든다.

사람을 길러낸다는 것은 어렵고 힘든 일이 분명하다. 그래도 아이의 미소 가득한 얼굴을 보면 내 얼굴도 따라 미소 지어진다. 이것만으로도 아이는 분명 나에게 기쁨을 주는 존재이다. 나는 때때로 아이에게 혼도 내고 화도 내는 아주 평범한 보통 엄마이지만 오늘도 내 아이를 소중히 대하기로 다짐해본다.

저녁에 얀나 스토어에 가서 물을 샀다. 그리고 아이가 꼭 사고 싶어하던 필리핀 과자 '필로우즈'를 샀다. 맛있다고 좋아한다.

오늘 밤, 비행기를 타고 내일 새벽 친구와 친구 아들이 온다. 아이는 동생이 온다는 소식에 벌써 기분이 좋다. 오면 수영장에서 같이 수영도 하고 투어도 갈 거라서 기대된다고 한다. 제임스 브라운 씨, 수요일 새벽에 꼭 만나요!

얀나 스토어에서 필로우즈라는 과자를 샀다. 안에 초코가 있어서 너무너무 맛있다. (5점 만점에 6점!!) 한국에 돌아가서도 그리울 맛이다. 한국으로 가져가고 싶다.

이번에는 수영을 해볼까? 수영을 하는데 직원 아저씨가 수영 잘한다고 칭찬해 주셨다. 나보고 마린보이라고 했는데 '마린'이 뭔지 모르겠다. (찾아보니 '바다의' 라는 뜻이네.)

그리고 직원 아저씨가 2m(D+1 일기에서 설명한 더 더 더 깊은 곳) 밑에 가라앉은 5페소 동전을 꺼낼 수 있냐고 물으신다. 나는 바로 건졌다. (역시 난 수영을 참 잘해! ^^) 꺼낸 동전은 아저씨가 기념품으로 가져가라고 하셨다. 히히. 나는 이 동전을 기부할 것이다!

수영을 하다가 좀 추워서 들어왔고 지금 이 일기를 쓰고 있다.

내일은 엄마 친구와 동하가 온다. 동하는 엄마 친구 아들인데 나보다 한 살이 어리다. 그래서 엄청 기대가 된다. 동하가 오면 같이 호핑 투어도 하고 수영도 함께 해야겠다. 그래서 엄마 친구와 동하가 함께 자라고 침대 하나를 예쁘게 정리했다. 침구도 새로 바꿔 달라고 부탁해서 침구도 새로 바꾸고 내가 이불도 쫙쫙 펴주었다. 내일 아침에 일어나면 동하가 짠! 하고 있었으면 좋겠다. (아함~ 졸려.)

D+9

인천공항에는 세 시간 전에!

세상에 이럴 수가! 어젯밤에 새벽 시간에 도착하는 친구를 위해 리조트 사장님께 부탁해서 공항에 택시도 대기시켰는데 친구가 오지 못했다.

인천공항 출국장 게이트가 2개밖에 안 열려 있었고 그래서 그런지 줄이 너무 길어 줄을 서다가 간발의 차이로 비행기를 놓쳤다는 것이다.

캐리어를 끌고 애까지 데리고 비행기를 타려고 엄청 뛰었다고 한다. 그런데도 비행기는 놓치고, 얼마나 허무하고 힘들었을까 싶다. 공항에 한 시간 사십 분 전에 도착했다고 하는데 더 일찍 나왔어야 했나 보다.

거기다 자꾸 전화가 왔는데 급하게 뛰는 중이라 전화를 못 받았다고 하는데 알고 보니 그 전화가 항공사 전화였다고 한다. 좀 더 일찍 나갔으면, 그 전화를 받았으면 하고 후회도 해보지만 이미 지나간 일인 것을 어쩌겠나. 아쉬움과 함께 공항에 올 때는 세 시간 전에 도착해야 한다는 교훈만 남았다.

아이는 일어나자마자 "동하 왔어?"라고 물어본다. 아이도 나도 많이 아쉬웠다. 그런데 내가 아무리 아쉬워도 오려던 친구와 동하만큼 아쉬울까 생각하니 마음이 짠하다. 날린 비행기 티켓값도 생각날 것이고 한껏 부풀어 있던 아이한테도 미안할 것 같다. 인생의 모든 일이 계획대로만 되진 않는다는 것을 여기 보홀에서도 새삼 느꼈다. 계획도 없이 머무는 보홀에서 계획에 대해 숙고하게 되다니 아이러니다.

숙고는 그만하고 현실로 돌아가 호핑 투어 예약을 취소해야 했다. 제임스 브라운 씨가 안 나타날까 걱정했던 나의 마음은 약속을 지키지 못한 미안함으로 바뀌었다. 리조트 직원에게 예약 종이에 써준 전화번호를 보여주며 친구가 안 와서 내일 예약한 호핑 투어를 캔슬을 해야겠다는 전화를 해달라고 부탁했다. 직원이 전화를 하고 바꿔주었는데 날짜만 미룰 것이냐, 완전 캔슬이냐 묻는다. 나는 미안하다, 완전 캔슬이다, 하니 혹시 다시 가게 되면 연락을 달라고 한다. 이렇게 쓰니 영어를 잘하는 사람 같지만 그렇지 않다. 원래 돈 쓰는 영어는 쉽다. 돈 버는 영어가 어렵지.

　오늘은 알로나 비치 쪽에서 점심을 먹고 항상 가던 길 반대쪽으로 가보았다. 빵집이 있다고 해서 빵집을 찾으러 슬슬 걸어갔다. 가는데 아이랑 내가 이야기하는 소리를 듣고 지나가던 한국분이 "알로나 비치 가려면 어디로 가야 하나요?" 하며 묻는다. 길을 설명해드리니 "한국 사람이 많아서 좋네요." 하며 간다. 보홀에 필리핀 사람 다음으로 많이 보이는 게 한국 사람 같다는 생각에 잠시 웃음이 났다.

　오 분쯤 걷다 보니 길 왼쪽으로 '아워 델리 브래드'라는 작은 간판의 빵 가게가 나왔다. 주먹 반만 한 빵을 3개 골랐는데 15페소이다. 한국 돈으로 375원 정도. 그래서 빵을 더 담았다. 많이 담았는데 빵값이 진짜 적게 나왔다. 내일 아침으로 맛있게 먹어야지!

OMG!! 일어나면 동하가 있을 줄 알았는데 동하가 없다. 사정은 이렇다.

인천공항 게이트가 2개만 열려있어서 평소보다 사람이 2.5배나 많고 줄도 엄청 길었다. 그래서 앞에 줄을 선 사람들에게 양해를 구하며 막 뛰어서 앞으로 갔는데 핸드폰에 전화가 왔다. 개인 전화인 줄 알고 받지 않았는데 알고 보니 비행사에서 온 전화였다. 결국 비행기는 출발해 버렸고 결국 엄마 친구와 아들은 여기에 오지 못 했다. (ㅠㅠ)

그래서 우리는 호핑 투어와 고래상어 투어를 뒤로 미루고 호핑 디파짓 비용을 날렸 다. 고래상어 투어는 나무 사장님께서 예약해주었다.

2m 깊이 수영장 밑바닥에서 또 10페소를 주웠다. 다이빙으로 얻은 용돈이 벌써 15페소. 히히 다이빙만 해도 용돈이 들어오네~ 그런데 이번에는 조금 섬뜩한 느낌 이 들었다. 동전에 녹이 슬어 있었기 때문이다. 혹시 동전 때문에 수영장 물이 녹물 인 거 아니야? 아니겠지만 아니, 아니지만 이상한 생각이 들었다.

비가 조금 왔다. 왠지 비가 오면 라면이 먹고 싶은데 라면이 없다. 우리는 780페 소로 'UNLI PORK(무제한 대패 삼겹살)'를 먹었다. 여러 가지 반찬도 많이 나온다. 고기를 좋아하고 많이 먹는 사람들이라면 이 메뉴는 후회 없는 메뉴이다. 하지만 조금만 먹는 사람들이라면 다른 곳에서 정액 가격으로 먹는 것을 추천한다.

물에서 놀다 보니 조금 추웠다. 적도 부근이라 덥기만 한 줄 알았는데 춥기도 하다. 자, 이제 배도 부르니 잠이나 잘까?

한가하게 내리는 비

벌써 열흘이 지나간다. 창밖에 비가 제법 내린다. 아침에 일어나서 아침 식사를 하려고 보니 마실 물이 없다. 물이 없어서 얀나 스토어에 물도 사러 가야 하고 어제 맡긴 빨래도 찾아와야 한다.

비도 많이 오는데 외출을 해야 하다니! 창밖으로 보는 비는 좋지만 도로 가를 걸어야 하는 비는 싫다. 게다가 여기는 인도가 따로 분리되어있지 않아서 포장된 도로 옆은 흙밭, 풀밭이다.

비가 오지 않는 날 풀밭은 염소가 뜯어먹고 닭들이 뛰어놀아서 좋았는데 비가 오고 상황이 달라지니 포장되지 않은 길이 영 성가신 길이 되어버렸다. 세상사 마냥 좋은 것도, 마냥 싫은 것도 없나 보다.

아침 식사를 하러 나무에 갔다. 걸어가고 있는데 거의 도착할 쯤에 아이와 함께 비 오는 길을 걷는 것이 불쌍해 보였는지 지나가던 트럭 아저씨가 어디까지 가냐고 묻는다. 거의 다 왔다, 괜찮다고 웃으며 트럭을 보냈다. 친절한 아저씨 감사합니다.

오늘도 사장님이 반갑게 맞아주셨다. 오늘도 알리오 올리오와 에그 샐러드 샌드위치를 먹었다.

식사를 마치고 얀나 스토어에 가서 빨래를 찾았다. 숙소로 돌아와 빨래를 펼쳐보니 오늘은 아주 뽀송하게 잘 말랐다. 뽀송한 빨래는 언제나 기분이 좋다.

오늘은 오히려 비가 오는데 왜 빨래가 뽀송한 걸까? 궁금하다.

〈가설 1. 필리핀이 전기 요금이 비싸다고 하는데 평소엔 그냥 말리다가 비 오는 날은 특별히 전기건조기에 말린다.〉

비밀은 얀나 씨만 알겠지.

어제 사 온 빵을 먹었는데 담백한 것이 맛있었다. 기교 부리지 않은 순수한 빵 느낌. 특히 좀 길쭉하게 생긴 빵은 안에 꿀 호떡에 들어 있는 잼 같은 것이 있었는데 많이 달지도 않고 맛있었다. 다음엔 많이 사 와야겠다!! 한국으로 돌아가면 코코넛 셰이크, 망고, 필리핀 빵이 벌써 그리울 것 같다.

하루 종일 한가하게 비가 내린다. 사실 비는 바쁜 것도, 한가한 것도 없다. 시간에 쫓기지 않는 여정인 지금, 한가한 건 사실 내 마음이겠지.

비가 억수로 왔다. 지루했다. 엄마 핸드폰으로 필리핀 호우 경보까지 왔다. 비가 정말 많이 온다.

아침은 나무에서 먹었는데 나무까지 걸어가서 신발이 다 젖었다. 점심은 컵밥을 먹고 저녁은 안 먹었다. 비만 계속 와서 심심하고 기분이 좋지 않다. 마치 코로나 때 외출도 못 하고 집에만 박혀 있었을 때와 같은 느낌이다.

한국에서 본 비보다 빗줄기가 꽤나 굵고 심지어 많이 오기까지 했다. 이 정도면 한국에서 비가 쏟아진다는 표현은 하면 안 된다. 필리핀에서 지금 내리는 이 정도 비는 되어야 비가 쏟아진다고 하는 거지.

하도 심심해서 엄마랑 루미큐브를 했다. 그런데 내가 졌다. 기분이 더 안 좋다. 엄마가 가진 큐브에 맨 처음부터 조커가 두 장이나 들어가 있었다. 그런데도 엄마는 포커페이싱(무표정)을 했다. 그래서 엄마가 조커를 다 가지고 있다는 것을 까맣게 몰랐다. 사실을 알고 나서는 허탈했다. 나는 희망을 가지고 열심히 게임을 하며 '내가 지금 뒤집는 이 카드가 조커일 수도 있어!'라고 생각을 몇 번 했었는데 계속해서 조커가 안 나오는 이유가 있었다. 아직도 허탈하다….

Part 2.

익숙한 시간

: 보홀, 어디까지 가봤니?

아일랜드 시티 몰(ICM)

어제는 장대 같은 비가 오고 휴대폰에는 호우경보(Red rainfall warning) 주의까지 오더니 오늘은 겨우 이슬비만 오다 말다 한다. 늦은 아침을 먹고 점심 즈음에 'ICM(아일랜드 시티 몰)'을 가보기로 했다.

버스를 타고 몰로 나가려고 버스 정류장이 있는 알로나 비치까지 트라이시클을 타고 갔다. 가는 길에 기사 아저씨가 육상 투어와 스노클링을 하라고 한다. 본인이 가이드와 개인 트라이시클 운행을 해주겠다고. 다음 주에 아빠가 오면 같이 가려고 3명 비용을 물어보니 입장료는 빼고 2,500페소에 해주겠다고 한다. 적당한 가격 같아서 바로 약속을 했다. 다음 주 월요일 숙소 앞에서 만나기로 했다. 이름은 '데봇'

이라며 본인 명함을 꺼내준다.

  이렇게 육상 투어 예약을 하고 공항버스 타는 곳에 내려달라고 하니 ICM까지 350페소에 가주겠다고 한다. 트라이시클을 타고 가면 편하긴 하겠지만 나는 단기 여행이 아닌 한 달 살기를 하고 있으니 버스도 타보고 싶었다. 그래서 괜찮다고 말씀드렸다.

  트라이시클을 타고 알로나 비치 ICM을 가는 공항버스 정류장에 내렸다. 알로나 비치 입구에서 조금 올라가서 'BDO'라는 은행 앞이다. 저번에 빵을 산 아워 델리 브레드 바로 맞은편이다. 맥도날드 앞에서도 공항버스가 서는 것 같은데 트라이시클 기사님이 우리에게 투어 가이드 영업을 하시다가 더 가까운 맥도날드를 지나쳐버렸는지 우리를 BDO 앞에 내려주셨다.

버스비를 내야 해서 돈을 작은 단위로 바꾸는 것이 필요했다. 은행 밖에 가드분이 서 있어서 은행에서 돈을 작은 단위로 바꿀 수 있냐고 물었더니 "슈어(물론)."라고 한다. 은행으로 들어가서 바로 200페소를 100페소 두 장으로 바꾸었다.

돈을 바꾸고 다시 나와서 서 있으니 가드 아저씨가 우리에게 여기 왜 서 있냐고 물어본다. 공항버스를 기다린다고 대답했다. 공항에 가냐고 물어보길래 ICM으로 간다고 했다. 버스는 20분쯤 있다가 오니까, 버스가 오면 자기가 알려주신다고 한다. 필리핀의 친절함! 가톨릭 국가라 그런지 사람들이 매우 친절하다.

한참 기다리다 버스가 오니 가드 아저씨가 막 손을 흔들며 뛰어나가 버스를 세워 주신다. "땡큐(감사합니다)!" 가드 아저씨에게 인사를 하고 버스를 탔다.

버스는 바로 돈을 내는 것이 아니고 일단 앉아서 기다리면 승무원 아저씨가 돈을 걷으러 온다. 운수업은 다 남자들이 종사하는 것 같고 식당 서빙은 다 여자들인 것 같다.

꼬불꼬불 길을 가다가 공항에 잠시 정차. 공항에서 사람들이 많이 탔다. 공항을 지나자 사람들이 꽉 찼다. 승무원 아저씨가 돈을 걷기 시작한다. 나에게 어디서 어디까지 가냐고 물어서 알로나 비치에서 ICM에 간다고 했더니 66페소라고 했다. 성인과 아이는 119페소. 아동 요금은 조금 더 싼가 보다.

다리를 건너고 종점에 내린다. 여기인가? 일단 종점이니 내렸다. 사람들이 우르르 나가는 곳으로 같이 나갔다. 모르는 길이 나올 때 많은 사람이 가는 길이 내가 찾는 길인 경우가 많았다. 나가는 출구 왼쪽으로 조금 더 가서 이제 ICM이 어디냐 물어보려던 찰나, 길 건너에 아일랜드 씨티 몰이라고 쓰인 건물이 눈에 들어온다.

아일랜드 씨티 몰 입구

입구에 들어가는데 소지품 검사를 한다. 아마 총기 검사를 하는 것 같다. 다른 사람 가방은 속에도 휘휘 저어보는데 내 가방은 그냥 겉에만 만져보더니 들어가라 한다. 아마 외국인이고 아이를 데리고 온 여자라 가방 검사를 꼼꼼히 하진 않았나 보다.

들어가니 졸리비, 보스 커피, 레드 리본, 던킨 등이 있다. 아워 델리 브랜드도 있는데 알로나 비치 아워 델리 브랜드에는 없었던 에그타르트도 있다. 에그타르트 가격은 한국 돈으로 500원 정도이다. 이따가 가기 전에 꼭 들러야지. ICM 내부는 딱 한국 ○○마트 같은 느낌이었다.

지하에 환전소가 있다고 해서 먼저 환전을 했다. 알로나 비치에 있는 '엠 루엘리에'보다는 아주 약간 비싼 것 같은데 그래도 기다리지 않고 바로 환전을 할 수 있어서 좋았다. 엠 루엘리에는 환율은 좋게 바꿔주는데 항상 오래 기다린다.

네이버 환율   55.15
ICM 지하   54.3

환전을 하고 '레드 리본'이 보여 간식을 사러 들어갔다. '레드 리본'이 맛나다는 이야기를 들었는데 눈앞에 보이니 반가웠다. 빵 3개를 집었는데 99페소가 나왔다. 맛이 궁금하다.

점심을 먹으러 '망이나살'이라는 현지 프랜차이즈 식당에 들어갔다. 지후는 '시시그'라는 메뉴를 시키고 나는 포크 꼬치에 라이스가 나오는 걸 시켰다. 식사비는 매우 저렴했다. 둘이 합쳐 250페소가 안 나왔다.
그런데 지후는 본인이 시킨 시시그는 별로 입맛에 안 맞아 하고 꼬치
는 맛있게 먹었다. 나도 꼬치가 입맛에 맞아서 잘 먹었다. 식사를 하고
있는데 직원이 'unli rice'라고 쓰인 통을 가지고 다니며 밥을 더 시키
는 사람에게는 한 덩이씩 더 퍼주었다. 'unli'는 언리미티드(무제한)의
약자인가 보다. 식사를 마치고 '망이나살'에서 할로할로를 먹었다.

망이나살

* 할로할로: 간 얼음에 단팥, 과일, 연유, 아이스크림 등을 첨가하여 만든 빙수로,
필리핀의 전통적이고 인기 있는 여름 디저트이다. ─ 두산백과 중에서

할로할로는 생긴 건 너무 알록달록해서 불량식품 맛이 날 것 같았는
데 기대 이상으로 맛있었다. 내 입에는 많이 달지 않고 적당히 달콤했
다. 종류가 두 종류인데 다음에는 다른 걸 먹어보아야겠다.

이제 마트에 장을 보러 가기로 했다. 쭉 둘러보는데 물이 일단 쌌다.
1.5l가 23페소. 500ml가 10페소이다. 알로나 비치나 사리사리에서 파
는 것보다 저렴한 가격이다.

그리고 센소다인 치약. 미국 회사의 민감성 시린 치아용 치약인
데 필리핀 현지에서 센소다인을 저렴하게 판다고 한다. 대략 2개에
230페소 정도이다. 선물용으로 여러 개를 구입했다.

아이가 말린 망고를 먹고 싶다고 해서 가장 유명한 브랜드인 '7D'로 하나 골랐다. 117페소. 사실 말린 망고는 몸에는 별로 좋지 않다. 말리는 곳이 위생적인지 아닌지 모를뿐더러, 말린 망고를 부드럽게 하기 위해 첨가제가 들어간다고 한다. 기념으로 하나 정도는 먹어도 되겠지만 많이 먹는 것은 좋지 않다.

이것저것 아이 마음에 드는 간식거리를 조금 더 고르고 엑스트라 버진 등급의 코코넛오일 250g을 130페소에 저렴하게 팔길래 두 병을 담았다.

'산미구엘' 맥주도 싸게 파는데 무거워서 못 가져올 것 같아서 이번엔 포기했다. 산미구엘 맥주는 필리핀에서 만드는 유명한 맥주이다. 떠나기 전에 ICM에 한 번 더 와야겠다.

마트엔 신선 식품도 파는데 망고 가격은 알로나 비치보다 조금 더 비쌌다. 역시 과일은 시장이 가격 면에서 좋다.

장을 보고 계산을 하려고 줄을 섰는데 세상에! 정말 오랫동안 줄을 서서 기다렸다. 뭔가 필리핀 부자들은 다 모였나보다. 카트 가득가득 식료품을 싣고 계산대에 줄을 서 있다. 사리사리에서 파는 물건들을 여기서 떼다 파는 것 같기도 하다. 줄이 굉장히 길었고 아주 한참을 기다리고 나서야 계산을 하고 나올 수 있었다.

아워 델리 브래드에서 아까 본 에그타르트를 사기 위해 갔다. 벌써 다 팔리고 다른 빵들도 남은 것이 몇 개 없었다. 남아 있는 것들 중에는 별로 사고 싶은 것이 없어서 빵은 나중에 사기로 했다. 이럴 줄 알았으면 아까 보일 때 살 것을.

이른 저녁을 먹을 시간이 되어서 1층에 있는 KFC에 가서 식사를 했다. 트위스트 랩을 맛있게 먹었다. 다만 함께 나온 아이스티가 맛이 없었다. 시럽을 같이 주었는데 시럽을 넣으니 맛은 좀 나았지만 눈앞에서 설탕물을 들이붓고 먹으니 신경이 좀 쓰였다. 역시 속 편하려면 안 봐야 한다.

ICM 내부 과일 셰이크 가게

식사를 하고 나니 6시가 조금 넘었는데 밖이 어두워져서 버스를 타고 가기는 좀 걱정이 되었다. 마침 몰 밖으로 나가자마자 트라이시클 기사들이 손짓을 했다. 어두워져서 그냥 트라이시클을 탔다.

가는 길에 아워 델리 브레드가 보여서 잠깐 기사님께 세워 달라고 말씀드리고 빵을 샀다. 나는 트라이시클에 있고 아이 보고 잠깐 가서 사 오라고 했는데 갓구운 빵을 새로 채우길래 그걸 달라고 했다고 한다. 마냥 아이인 줄 알았는데 빵도 고를 줄 알고 기특하다.

오늘도 새로운 경험을 했다. 보홀의 버스를 타보았고 보홀의 밤길을 트라이시클로 달렸다. 새로운 경험으로 채워가는 한 달이 계속 기대된다.

오늘은 ICM에 갔다. 아주 바빴는데 다 쓰기 힘드니까 안 쓰겠다. 대신 엄마가 일기를 길게 쓰니까 나중에 엄마 일기를 참고해서 오늘 뭐 했는지 알면 될 것 같다.

그런데 이 말은 꼭 쓰고 싶다. '망이나살'에서 먹은 '시시그'라는 메뉴는 정말 맛이 없다. 할머니에게도 이 사실을 알려드렸다. 할머니에게 전화가 왔는데 밥 맛있게 먹었냐고 물어보셔서 시시그는 정말 맛이 없으니 절대 드시지 말라고 알려드렸다.

보홀에 도착하면 제일 처음 일정으로 ICM 쇼핑을 추천한다. off(모기 기피제)도 사고 물, 맥주, 샴푸, 치약 등 공산품을 먼저 싹 쇼핑하고 보홀을 즐기면 든든하다.

동물들과 함께 걸어 다니기

아침은 어제 사 온 아워 델리 브랜드 빵을 먹었다. 바깥 경치를 보며 빵을 먹고 있는데 리조트 입구로 야쿠르트 아주머니가 계신 게 아닌가? 혹시 한국 야쿠르트 아주머니처럼 우유를 살 수 있을까 싶어 가보았는데 우유는 팔지 않고 야쿠르트만 팔았다.

한국 야쿠르트랑 똑같이 생긴 야쿠르트가 5개 한 줄에 45페소. 한국 돈으로 1,125원이다. 야쿠르트 한 줄을 사서 빵과 같이 먹었다.

아워 델리 브랜드 빵은 지점마다 구워서 파는 빵 종류가 다 다른가 보다. 어제는 탁빌라란 근처에서 산 건데 안에 고구마인지 밤 같은 것이 든 맛있는 빵이 있다.

낮에는 알로나 비치까지 트라이시클을 타지 않고 걸어갔다. 오늘은 해도 안 뜨고 날씨가 서늘해서 천천히 걸어가는 것도 제법 괜찮았다. 길을 걷다 보면 동네 닭, 염소들이 유유히 돌아다니는 것도 볼 수 있다. 도시에서 못 보는 이런 동물 보는 재미도 쏠쏠했다.

점심에는 졸리비에 갔는데 오늘은 스파게티를 도전해보았다. 스파게티 맛은 한국 학교 급식 스파게티 맛이었는데 기대보다는 괜찮은 편이었다. 다음에도 또 먹을 의향이 있다.

맛있게 식사를 한 후 늘 가던 과일 셰이크 가게로 가서 부코(코코넛) 셰이크를 하나 시켰다. 저번에 마지막으로 여기서 먹은 부코 셰이크가 너무 맛이 없어서 이번엔 하나 시켜보고 맛있으면 하나를 더 시키기로 했다. 오늘 시킨 것은 너무 맛있었다. 그래서 하나를 더 시켰는데 아까보다 맛이 못하다. 처음 시킨 건 적당한 농도로 얼음이 갈려있었는데 두 번째 것은 너무 묽었다. 코코넛이 다 달라서 그런가, 한날 시켜도 맛이 다르네 싶었다.

알로나 비치에 자리를 깔고 앉아서 바다를 실컷 보았다. 오늘은 날이 흐려서 구름이 많았는데 하늘에 구름이 참 예뻤다. 바다를 한참 보다가 저녁 식사를 하러 갔다.

저녁 식사는 오늘 처음 도전하는 '알로나 히든 드림' 꼬치 구이집이
다. 메뉴판을 가져다주길래 메뉴판에 있는 콤보를 먼저 시켰는데 실
제로 나온 음식이 실망스럽다. 사진이랑 너무 달랐기 때문이다.

콤보G가 400페소인데 플레인 라이스, 새우 두 마리랑 손가락 3개
를 합친 크기만 한 아주 작은 오징어, 돼지 꼬치 하나가 나왔다.

콤보B는 199페소인데 플레인 라이스, 돼지 꼬치 하나, 닭다리 하나
가 나왔다. 양은 적었는데 맛이 있었다.

닭다리 구이는 껍질이 좀 타긴 했지만 맛있었다. 그런데 이렇게 콤
보로 시키는 것보다 가게 바깥쪽에 생물을 kg으로 달아서 파는 것을
사 먹는 것이 더 나았겠다. 메뉴판에는 콤보만 있어서 생물 구이를 살
수 있는지 몰랐는데 아쉽다.

그래서 새우를 더 시켰다. 한국에서 많이 볼 수 있는 타이거 새우는
1kg에 1,500페소이다. 가격에 서비스 차지(팁) 10%가 붙었다. 새우는
구워서 나오는데 불맛이 나서 정말 맛있었다. 다음엔 와서 새우 구이
를 또 먹어야겠다. 오늘 식사는 성공적이다.

오늘 아빠가 왔다!! 아빠가 온 기념으로 알로나 비치에 있는 '알로나 히든 드림' 으로 밥을 먹으러 갔다. 맛있다. 특히 새우가 맛있다. 껍질을 우드득! 벗겨서 쏙~ 먹 으면 :) 맛있당!!! BBQ는 조금 타긴 했는데 불맛이 생생하게 느껴진다.

아빠와 코코넛 셰이크도 먹었는데 아빠 눈에서 하트가 뿅뿅 나갔다. (여기 코 코넛 셰이크는 안 먹을 수 없어!!!)

동네를 걸어 다니다 보면 길거리에 동물들도 다닌다. 특히 염소가 종종 보이는데 동 물원에서 보는 것보다 몸집이 작고 더 순둥순둥해 보인다. 만져보고 싶은데 엄마가 동 물 몸에 세균이 많다고 만지지 말라고 했다. 살짝 서운하다.

필리핀은 아주 양심적인 동네 같다. 길거리에 저렇게 염소를 막 풀어 놓는 것을 보 니 서로서로 믿고 사는 동네인 것 같다.

알로나 비치에 그네가 있어서 탔는데 그네 타는 곳의 경치가 좋다. 바다가 펼쳐 져 있는 것을 보며 그네를 탈 수 있다. 앞으로 많이 타야겠다. 그네와 함께 팁 박스 가 있어서 5페소를 넣었다.

한 달이라도 좋아, 보홀이라면!

시눌룩

　오늘은 아이가 숙소 수영장에서 수영을 하고 싶다고 해서 숙소에만 있었다. 여유롭게 시간을 보내다가 저녁을 먹으러 마이크스 푸드 포인트로 갔다.

　항상 가면 닫혀있어서 아이가 구글에 마이크스 푸드 포인트를 검색해서 몇 시에 가게 문을 여냐고 질문을 달았더니 오후 3시쯤 연다고 답이 달려서 드디어 가게 된 것이다. 아주 작은 마을의 아주 작은 필리핀 식당과 구글로 소통한 것이 나에게는 마냥 신기한 일인데, 아이는 그런 것쯤은 신기하지도 않은 것 같다. 답이 달리는 식당도 신기한데 그걸 안 신기해하는 아이도 신기하다.

음식은 맛있었다. 많이는 아니고 조금 짰는데 다음부터 덜 짜게 "이
지 온 솔트, 플리즈(Easy on salt, please)."라고 해야겠다. 필리핀은
날씨가 더워서 그런지 음식들이 대체로 짜다.

마이크스 푸드 포인트 메뉴판과 주인 아주머니

양이 많다는 후기를 보아서 셋이서 시그니처 버거 하나와 버거 스테
이크, 음료 하나, 산미구엘 필젠 하나를 시켰다. 그동안 아이랑 둘만
있어서 맥주도 못 마셨는데 아빠가 와서 산미구엘을 드디어 마실 수

있게 되었다.

다음에 또 와야겠다. 대신 낮에 오는 것이 좋겠다. 야외 테이블이라 밤이 되니 날벌레가 많았다.

개들이 식사하는 우리를 빤히 쳐다본다. 동네 지나가던 개들인데 여기 온 손님들이 음식을 조금씩 주었나 싶다.

개들이 너무 불쌍하게 쳐다보니 아이가 주인아주머니께 개에게 음식을 조금 줘도 되냐고 물어본다. 아주머니가 줘도 된다고 하자 소스가 많이 안 묻은 쪽으로 조금 주었다. 아주머니가 코리아에서 왔냐고 물어서 "예스!"라고 했다. 그랬더니 "애가 몇 살이냐, 영어를 잘한다, 다른 코리안 키즈들은 영어를 별로 안 하는데 얘는 많이 한다."라고 한다. "굿 잡!"이라고 해주셔서 나도 아이를 보며 '엄지 척'을 해주었다. 뭔가 영어 공부를 열심히 하게 하는 동력을 얻은 것 같아서 좋다!

얀나 스토어에 빨래를 맡기러 갔다. 아이는 매일 20페소씩 받는 용돈으로 얀나 스토어에서 간식을 샀다. '클라우드9'이라는 작은 초코 퍼지바인데 12페소이다. 지난번에 한 번 사 먹었는데 맛있다고 또 샀다. 얀나 씨가 언제 한국으로 가냐고 해서 이제 이 주 남았다고, 한 달 동안 여기 산다고 했더니 놀란다. 사실 나도 놀랍다. 우리 가족, 남은 이 주 동안 즐거운 시간이 되길!

얀나 스토어로 가는 길에 집집마다 아기 예수상과 촛불을 켜놓은 모습을 보았다. 돌아오는 길에는 긴 차량 행렬과 트럭에 젊은이들이 북을 치며 노래를 한다. 마침 집주인으로 보이는 분이 나와 있는 집이 있어서 성상 사진을 찍어도 되냐 했더니 허락해주셔서 사진을 찍었다.

숙소로 돌아와 직원에게 오늘 무슨 특별한 날이냐고 물었더니 "…… 산토니뇨…… 애니버서리…….'라고 한다. (길게 말했는데 그다음은 하나도 못 알아들었다.) '시눌룩'이라고도 해서 인터넷 검색 창에 시눌룩을 찾아보았다.

* 시눌룩(Sinoulog)
시눌룩 축제는 매년 1월, 필리핀 중부 비사야 제도의 세부(Cebu) 섬에서 개최되는 민속 축제이자 아기 예수 성상인 산토 니뇨(Santo Niño)를 기리는 종교 축제다.

– 네이버 지식백과 중에서

시눌룩이라는 말은 필리핀의 공용어인 타갈로그어로 '우아한 춤'이라는 뜻이라고 한다. 원래는 세부섬 원주민들이 오래전부터 자신들이 숭배하는 우상을 향해 추던 전통춤인데 16세기에 에스파냐인을 통해 천주교가 전파될 당시, 세례를 받은 원주민들이 아기 예수상 산토 니뇨에게 기도를 올리며 시눌룩이라는 춤을 춘 이후, 시눌룩은 산토 니뇨를 찬양하는 의식 춤으로 자리 잡아 오늘날까지 이어지고 있다고 한다.

정리해 보면 시눌룩 축제는 필리핀에 천주교가 전파된 것을 축하하는 축제이며, 아기 예수상 산토 니뇨의 영광을 기리는 축제다. 축제의 내용은 시눌룩 춤과 산토 니뇨의 행진 등으로 이뤄져 있으며, 축제 날짜는 1월 중이다. 그런 전통 축제가 있는 줄 모르고 왔는데 1월에 보홀에 오게 되어서 운이 좋게 전통 축제도 볼 수 있었다.

축제는 여러 날 동안 이어지고 축제 마지막 날의 대규모 퍼레이드는 시눌룩 축제의 하이라이트라고 한다. 내가 본 것이 마지막 날의 퍼레이드인가 보다. 그런데 동네를 그렇게 돌아다녀도 그 전날까지는 축제라고 할 만한 건 딱히 없었다. 세부는 축제를 굉장히 크게 한다고 하는데 보홀은 세부만큼 축제를 크게 하지는 않는 것 같다.

내일은 일요일이다. 팡라오 사왕 시장에 가봐야겠다. 필리핀 사람들이 일요일 오전에 주로 장을 본다고 했기 때문이다.

한 달이라도 좋아, 보흘이라면!

아빠가 와서 이번에는 우삼겹(Beef) 파티를 했다. 우리 숙소에서 삼겹살을 시키면 대패 삼겹살(인당 390페소)이 나오고 비프를 시키면 비계가 많은 부위로 나오고 심지어 인당 490페소이다. 나는 대패 삼겹살 만족도는 ★★★★☆(4.5) 우삼겹 만족도는 ★★☆(2.5)이다. 나도 어른으로 가격 적용을 해서 이상하다. (만 7세부터는 어른 가격이다.) 풀 사이드바에서 수영을 하며 놀면서 먹어서 좋았다.

수영을 한참 하고 마이크스 버거에 갔다. 갈 때마다 문이 닫혀있어서 내가 구글에서 식당을 찾아서 오픈 시간을 물어봤는데 대답이 달려서 이번에는 오픈 시간에 맞추어서 갔다.

버거가 큼직하고 맛있었다!! 잭스 버거보다 더 맛있다. 감자튀김은 한국처럼 조금 주는 것이 아니라, 접시에 한가득 담아준다. 맛은 짜다. 식사를 하고 있는데 동네 개 두 마리가 와서 내 주위에서 어슬렁거린다. 개가 엄청 크다. 그런데 순하다. 계속 어슬렁거려서 배가 고픈가 생각했다. 감자튀김 조금과 햄버거 빵의 소스 안 묻은 부분을 주었는데 너무 잘 먹었다. 배가 많이 고팠나?

그리고 주인아주머니가 나에게 영어를 잘한다고 칭찬해 주셔서 기분이 좋았다.

보홀 사왕 마켓

　일요일 아침 8시. 사왕 시장으로 갔다. 트라이시클 기사님께 사왕 마켓으로 가달라고 했더니 150페소를 이야기한다. 100페소로 흥정을 하고 사왕 마켓으로 갔다. 가는 중에 투어를 자기에게 하라고 한다. 반딧불이 투어가 얼마냐 물어보니 원래 1,500페소인데 특별히 1,200페소에 해준다고 한다. 그러면서 명함을 주신다. 트라이시클 기사들이 이렇게 가이드를 많이 하나 보다. 필요하면 연락드린다고 하고 사왕 마켓에서 내렸다.

사왕 마켓은 문이 제법 근사하게 있었는데 입구와 출구가 나뉘어 있다. 그런데 입구와 출구는 우리만 지키는 것 같았다. 그래도 사람이 별로 붐비진 않아서 입구와 출구를 혼용해도 별로 불편하진 않았다.

입구 안에는 공산품 가게, 옷 가게, 고기 가게, 생선 가게, 야채 가게, 과일 가게 등이 있었고 바깥에도 과일 야채 등 노점이 있다.

사왕 시장 바깥쪽 가게들

　우리는 망고만 사러 와서 바깥이 더 저렴할 것 같아 사왕 시장 안은 그냥 둘러만 보고 망고는 바깥에서 샀다. 망고를 파는 여러 집이 있었는데 가격을 물어보니 1kg에 130페소 하는 집도 있고 120페소 하는 집도 있다. 우리는 120페소라고 말한 두 군데 가게 중에 맛있어 보이는 곳에서 망고를 골랐다. 알로나 비치나 동네에서 파는 것보다 가격도 좋고 망고도 크고 좋아 보인다. 계산을 하려 하니 아까는 아저씨가 1kg에 120페소라고 했는데 계산하는 아주머니가 130페소라고 한다.

내가 120페소라고 했다고 하니 옆에 있던 아까 그 아저씨가 아주머니에게 120페소라고 이야기해준다. 관광객 프리미엄을 붙였나 보다.

망고를 사고 '노바 쉘 뮤지엄'으로 갔다. 그런데 지도상으로는 나와야 하는데 노바쉘 뮤지엄 들어가는 골목이 한참 찾아도 보이지 않았다. 계속 왔다 갔다 하며 헤매고 있으니 갑자기 어느 집에서 아저씨 한 분이 나오신다. 어디 찾냐고 해서 노바 쉘 뮤지엄이라 했더니 이쪽으로 가라고 길을 알려주신다. 감사합니다!

노바 쉘 뮤지엄은 사립 박물관이다. 개인이 이렇게 많은 컬렉션을 한 것이 대단하다. 아이는 박물관이라고 해서 한국의 국립중앙박물관처럼 아주 쾌적한 장소를 기대했다고 한다. "국립중앙박물관이 국립이어서 엄청 좋은 거고 개인 박물관은 그렇게 좋기 힘들어."라고 설명해주었다.

내부는 오래된 박물관 냄새가 난다. 오래된 과학실 냄새 같기도 하다. 정말 커다란 신기한 조개껍데기도 있고 그 밖에 예쁜 조개껍데기들도 많았다. 모달라 비치에서 본 조개껍데기로 만든 풍경도 있어서 반가웠다. 예쁜 소리를 또 들을 수 있어 좋았다.

다음은 아컴 센터(Arcom Center)로 이동했다. 아컴 센터에 맛있는 식당이 있다고 해서 갔는데 아무래도 문을 닫았나 보다. 아컴 센터 안에 엠 루엘리에 환전소가 있어서 환전을 하고 세븐일레븐으로 들어갔다. 오늘은 날씨가 쨍쨍해서 돌아다니느라 더웠는데 편의점은 역시 시원했다.

물을 사고 성 어거스틴 성당으로 갔다. 성당에는 미사가 진행 중이었다. 함께 예배를 드리러 성당 안으로 들어가고 싶었는데 안은 이미 만석인지 바깥까지 의자를 늘어놓고 미사를 드리고 있어서 들어갈 수가 없었다. 그래서 우리는 옆으로 나와서 돌의자에 앉아서 잠시 쉬었

다. 탁 트인 하늘이 예뻤다.

　미사가 끝나고 사람들이 나왔고 금방 한산해졌다. 조금 더 앉아서 쉬다가 점심을 먹으러 가기로 했다. 파악이라는 프랜차이즈 현지 식당을 계속 가보고 싶었는데 이 근처에 있어서 가보기로 했다.

　감바스, 플레인 라이스(40페소), 꼬치 2개를 시켰다. 플레인 라이스는 언리미티드(무제한)라고 한다. 사람이 3명인데 라이스 하나만 시켜도 무제한이냐고 했더니 그렇다고 한다. 인심이 좋다. 감바스는 "레스 솔트, 플리즈(덜 짜게 해주세요)."라고 말했다. 감바스가 나왔는데 밥과 섞어 먹으니 맛있었다. 여전히 내 입에는 짜긴 했지만 맛있게 먹었다.

　입구에서 꼬치를 굽고 있었는데 냄새가 정말 기가 막혔다. 마치 꼬치가 날 먹어주세요, 하는 것 같았다. 우리가 시킨 포크 비비큐는 입구에서 굽는 거랑 달라서 입구에서 굽는 건 뭐냐고 했더니 사진을 가리킨다. 사진은 '조스 치킨 이나토 위드 라이스 노 리미트(밥을 무제한으로 주는 조의 치킨 이나토)'이다. 169페소. 이미 플레인 라이스를 시켜서 치킨만 시키면 얼마냐 했더니 159페소라고 한다. 흠……. 10페소 차이네. 우리는 이걸 시키고 싶은데 우리가 시킨 플레인 라이스를 사진에 있는 무제한 밥과 바꿔 줄 수 있냐 했더니 흔쾌히 해준다고 한다. 글로 쓰니 아주 복잡한 영어 같지만 손짓 발짓과 단어 나열만 해도 고맙게도 의미가 다 통했다. 이어서 '치킨 이나토'가 나왔는데 이것도 맛있었다. 역시 직화 구이는 맛있다.

식사를 다 하고 '할로할로'를 주문하려 했더니 재료가 떨어졌다고 해서 주문할 수가 없었다. 이 근처에 할로할로를 먹을 수 있는 곳이 있냐 물어보았다. '라 파밀리에'로 가보라고 한다. 그래서 라 파밀리에로

갔다. 라 파밀리에의 할로할로는 전에 먹었던 망이나살 할로할로보다 비쌌다. 그런데 주문 후 나온 할로할로를 보니 비쌀 만하다. 여러 가지 과일이 많이 들어있다. 맛있었다. 메뉴판을 보니 피자 등도 가격이 괜찮아서 나중에 다시 와야지 생각했다. 할로할로까지 맛나게 먹고 숙소로 돌아왔다.

숙소로 돌아오고 나서 갑자기 아이가 아프다고 한다. 머리도 아프고 목도 아프다고. 체온계로 열을 재보니 열이 꽤 높다. 한국에서 준비해 온 상비약을 꺼냈다. 해열제도 먹고 목, 코감기약도 먹었다. 약을 먹

고 아이는 잠들었고 쓸 일이 없었으면 더 좋았겠지만 미리 준비해 온 상비약이 있어서 다행이라는 생각을 했다. 많이 안 아프고 자고 일어나면 나아 있기를 기도했다.

숙소 직원에게 데봇 아저씨 명함을 보여주며 전화를 걸어 미안하지만 아이가 아파서 내일 육상 투어는 금요일로 미뤄도 되겠냐고 말해 달라고 부탁했다. 아저씨가 금요일 8시에 숙소 앞으로 데리러 오겠다고 했다고 직원이 전해준다. 고마워요, 데봇 아저씨!

에취! 오늘 파약에 간 후 열이 많이 난다. 체온계로 나도까지 난다. (쿨럭쿨럭)

너무 아파서 일기를 제대로 쓰지 못하겠다.

밤하늘의 별을 따서 너에게 줄래!

어제 아프다고 해열제와 감기약을 먹고 잠들었던 아이가 아침에 일어났는데 이제 괜찮다고 해서 한결 걱정을 덜었다. 금방 열이 떨어진 것을 보니 코로나는 아닌 것 같아 다행이다. 따뜻한 나라라 감기는 금방 뚝 떨어지나, 생각했다.

그래도 혹시 몰라 오늘은 숙소에서 쉬면서 오전을 보내고 점심을 먹으러 알로나 비치 졸리비로 갔다. 늘 하던 대로 50페소에 트라이시클을 타고 알로나 비치 졸리비 앞에 내렸다.

졸리비에서 점심을 먹고 늘 가던 과일주스 가게로 갔다. 직원은 이제 우리 얼굴이 익숙해졌는지 만나면 정말 반갑게 웃으며 반겨준다. 코코넛 셰이크 2개를 시키고 240페소를 지불하고 직원이 코코넛을 잘라 손질하고 코코넛 주스를 믹서에 넣고 코코넛 과육을 뜨려는 순간,

가게가 어두워지고 들렸는지도 몰랐던 소음들이 멈추었다.

나를 보더니 갑자기 정전이 되었다고 언제 전기가 들어올지 모른다고 한다. 그런데 돈을 돌려줄 생각은 없는 것 같다. 코코넛을 다 까 놓아서 환불을 해줄 수는 없는 건가…. 뭐 어차피 코코넛 셰이크는 먹을 거라서 환불해 달라는 말은 하지 않았다. 기다리겠다고 "위 해브 머치 타임(We have much time; 우린 시간이 많아요)!"이라고 말하니 막 웃는다. 그런데 한 삼십 분을 기다려도 소식이 없다. 시간은 남고, 전기는 들어올 생각을 안 한다.

그래서 제임스 브라운 씨에게 걸어놓은 디파짓 500페소를 해결하기로 했다. 호핑 캔슬 통화를 할 때 제임스 브라운 씨가 호핑을 할 거면 다시 연락 달라고 했었다. 그렇지만 호핑을 4명 가격 4,000페소에 예약을 했는데 같은 가격에 3명이서 할 수는 없다. 호핑은 다른 업체에 하고 반딧불 투어를 제임스를 만나서 해달라고 해야겠다.

과일 주스 가게 아저씨(라고 쓰지만 나보다 어려 보인다)에게 제임스 브라운을 아냐고 했더니 자기 친구라고 이 근처에 있을 거다, 자기가 연락을 해 보고 이리로 올 수도 있으니 기다려보라고 한다. 기다리는 중에 어떤 아저씨가 와서 호핑 투어 호객을 하고 다른 아저씨가 와서 진주 목걸이 영업을 한다. 다 안 한다고 괜찮다고 돌려보내고 하염없이 가게 앞 의자에 앉아있었다. 덥다. 아⋯ 덥다. 게다가 오늘은 보홀 온 지 보름 중에 두 번째로 쨍쨍한 날 같다. 하⋯⋯. 덥다.

한참을 있었는데도 전력은 복구가 안 된다. 다시 과일 가게 아저씨(나보다 한참 어려 보이는 아까 그 청년)에게 제임스 브라운 씨는 아직 소식이 없냐고 물어보았다. 옆에서 내 말을 들은 여자 직원이 말한다.

"제임스 브라운 아까 왔다 갔잖아."

뭐라고? 이게 무슨 소리란 말인가. 아까 제임스 브라운 닮았다고 생각한 그 호객꾼이 진짜 제임스 브라운이었구나.

직원에게 내가 그 사람 얼굴이 기억이 안 났다, 다시 불러줄 수 있느냐 이야기했더니 자기 전화기가 뭐가 어떻게 되어서(못 알아들었

다) 안 된다며(이건 확실히 알아들었다) 길을 가던 지나가는 어떤 사람 (이 동네 사람 모두 다 친구인가 보다)을 붙잡고 제임스 브라운에게 연락을 해 보라고 이야기한다. 한참 있다가 제임스 브라운이 다시 왔다. 오! 이제 확실히 알아보겠다. 반갑다!

제임스 브라운 씨가 나에게 "아까 네가 다 안 한다 그랬잖아."라고 이야기한다.

"맞다. 너한테 다시 예약하려고 그랬지. 미안하다. 내 친구가 비행기를 놓쳐서 호핑은 못 하게 되었어. 대신 반딧불 투어를 할 거야. 얼마에 해줄래?"라고 물었다.

제임스 브라운 씨는 인당 1,000페소를 부른다. 뭐라고?! 그럼 3,000페소? 놀라서 "사왕 마켓 가는 트라이시클 아저씨가 원래 세 명에 1,500페소인데 나는 1,200페소로 깎아 준다고 했는데?"라고 말했더니,

"그건 저스트 트라이시클만이고 나는 보트까지 포함된 가격이다." 라고 한다. '어? 그럼 트라이시클 아저씨는 보트는 알아서 타라고 하는 건가?' 잘 모르겠다. 어쨌든 나는 1,000페소에는 할 수가 없다. 그럼 800페소에 해준다고 한다. 그것도 나는 'No'. 왜냐하면 '발레로소

랄레'에 가면 인당 600페소로 더 싸기 때문이다.

내가 제임스 브라운에게 예약하려는 이유는 500페소 디파짓 때문인데, 800페소면 500페소 디파짓을 포기해도 발레로소 랄레가 더 싸다.

그래서 인당 600페소에 안 되겠냐 하니 아주 한참 생각에 잠기더니 오케이를 한다. 그러면서 디파짓 1,500페소를 하고 만나면 300페소를 달라고 한다. '왓?!' (이거는 마음속으로 생각)

"이미 지불한 디파짓 500페소는 빼 줘야지!" (이거는 입 밖으로 나옴) 했더니 그건 내가 약속을 어긴 거라 안 해준다고 한다.

디파짓을 빼주려고 다시 연락하라고 한 건 아니고 그냥 다시 나에게 연락해서 예약하라는 뜻이었나보다.

'같은 가격이면 나는 발레로소 랄레에 가지. 제임스 브라운 씨는 어디에 있는지 연락도 잘 안 되고 발레로소 랄레는 오피스를 가지고 운영하는 곳인걸? 그럼 발레로소 랄레가 더 안전하다는 뜻인데 내가 왜 새로 제임스 씨에게 반딧불 투어를 맡기겠어?'

라고 물론 속으로만 생각했다.

"제임스 씨, 디파짓을 안 빼준다면 500페소에 해주세요. (나에게 지금 할애한 시간은 너무 미안하지만) 안 그러면 못 해요."

제임스 브라운 씨는 그렇게는 못 해준다며 어금니를 꽉 깨문 얼굴로 현장을 떠났다.

하…. 우리 만날 때는 오 년 만에 만난 형제처럼 반가운 얼굴이었는데 떠날 때는 서로 빈정이 상하다니. 서로 시간 쓰고 빈정만 상했다. 흑흑.

아직도 전력은 소식이 없었다. 너무 더워서 셰이크 가게에는 나중에 다시 온다고 말하고 '발레로소 랄레'로 반딧불 투어를 예약하러 갔다.

발레로소 랄레 오피스는 알로나 비치에서 BDO은행 가는 길 맞은편에 있었다. 한국 사람이 많이 오는지 아예 한국어로 안내가 있다.

투어 일을 내일 날짜로 예약했다. 내일 6시까지 여기 오피스로 오라고 한다. 내일 알로나 비치에서 식사를 하고 여기로 오면 되겠다.

발레로소 랄레 간판

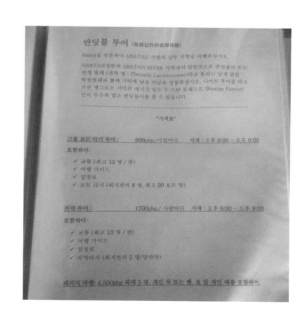

반딧불 투어 (難得記作的夜游体験)

Bohol을 방문하여 ABATAN 지역의 남부 지방을 여행하십시오.

ABATAN강변의 ABATAN RIVER 지역에서 일반적으로 반딧불이 또는
번개 벌레 (과학 명 : Photuris Lucirescens)라고 불리는 날개 달린
박정벌레와 함께 기억에 남을 난날을 경험하십시오. 나이트 투어를 따라
가면 맹그로브 지역과 세기가 넘은 두 스탕 포레스트 (Postan Forest)
안의 무수히 많은 반딧불이를 볼 수 있습니다.

"가격표"

그룹 보트 타기 투어 :   600php/사람마다   시작 : 오후 6:00 ~ 오후 9:00

포함하다 :
- ✓ 교통 (최고 12 명 / 반)
- ✓ 여행 가이드
- ✓ 입장료
- ✓ 보트 타기 (최저한의 8 명, 최고 20 보트 당)

카약 투어 :   1700php / 사람마다   시작 : 오후 6:00 ~ 오후 9:00

포함하다 :
- ✓ 교통 (최고 12 명 / 반)
- ✓ 여행 가이드
- ✓ 입장료
- ✓ 카약타기 (최저한의 2 명/당카약)

패키지 여행 : 4,500php 최대 5 명, 개인 차로는 또는 밴, 표 및 개인 매물 포함하여.

반딧불 투어 예약을 마치고 알로나 비치 쪽으로 걸어갔다. 오늘 역
대급으로 날씨가 쨍쨍했다. 하늘도 예쁘고 구름도 예뻐서 오는 길에
사진을 찍었다.

날씨가 너무 더워서 맥도날드에 들어갔다. 벌써 네 시다. 아직도 전
력 복구는 안 되었다고 한다. 맥도날드에서 아이는 아이스크림을, 나
는 커피를 마셨다. 아이스 아메리카노는 모두 팔렸다. 그래서 그냥 아

이스 커피를 마셨는데 달달한 '더위사냥' 맛이 났다.

맥도날드에서 더위를 식히고 알로나 비치 쪽으로 가서 바다를 즐기기로 했다. 하늘이 예뻐서 해변에서 예쁜 사진을 많이 찍었다. 석양이 지는 시간이 되어 비치에 있는 오아시스라는 바(bar)로 들어갔다. 산미구엘 맥주와 깔라마리를 시켰다.

깔라마리는 필리핀 오징어튀김이다. 한국 오징어튀김과 맛도 생김새도 비슷하다.

맛있게 먹으며 맥주와 함께 지는 해를 바라보았다. 석양이 정말 예뻤다. 처음엔 황금빛으로 물들다가 나중엔 핑크빛으로 물들었다. 오늘 핑크 비치 드레스를 입었는데 사진을 찍으니 석양과 옷 색깔이 잘 어울려서 기분이 좋았다.

지는 석양을 다 보고 코코넛 주스 가게를 갔다. 전력이 15분 전에 복구되었다고 한다. 적절한 타이밍에 잘 왔다. 코코넛 셰이크에는 원래 시럽이 들어가는데 오늘은 시럽을 빼달라고 했다. 밍밍하지만 노 슈거(no sugar)도 나름의 매력이 있는 고소한 맛이 난다. 코코넛 셰이크를 마시며 해변을 걷고 있는데 아이가 밤바다를 보며 노래를 부르자고 한다. 비치 앞 계단에 앉아 아이랑 같이 노래를 불렀다.

밤하늘의 별을 따서 너에게 줄래
너는 내가 사랑하니까 또 소중하니까.
오직 너 아니면 안 된다고 외치고 싶어
그저 내 곁에만 있어 줘. 떠나지 말아줘.

그리고 작게 속삭였다.

"엄마 마음이야."

애는 들었는지 못 들었는지 계속 노래를 부른다. 밤바다 앞에서 밤하늘의 별을 노래한 시간. 이 시간은 나에게 잊지 못할 시간이 될 것이다. 우리 항상 서로에게 좋은 것만 주면서 살자!

열은 다 가라앉고 괜찮다. 빨리 나아서 다행이다. 외국에서 아프면 병원도 제대로 못 가니까 한국으로 돌아가야 하나? 생각했다. 그런데 잘 나아서 정말 다행이다.

숙소에 정전이 되었다. 우리가 보홀에 온 후에 몇 안 되는 땡볕인 날이다. 한국에서는 정전을 경험한 적이 한 번도 없었다. 보홀에 와서 정전이라는 것을 처음으로 경험했다. 그래서 정전이라는 것이 신기했다. 우리나라는 전기가 없으면 한 시도 제대로 돌아가지 않을 것 같은데 필리핀은 그럭저럭 잘 돌아갔다. 정전이 되었는데도 경제 활동을 각자 다 이어가는 것 같았다. 그것도 신기했다. 하지만 코코넛 셰이크 가게는 믹서기가 멈추어서 영업을 못 했다.

너무 더워서 맥도날드를 들어갔는데 거기는 영업을 잘 하고 있었다. 잦은 정전을 대비해서 가게 자체의 비상 발전기를 사용한다고 한다.

제임스 브라운 아저씨를 만났다. 반딧불 투어를 하려면 2,100페소를 내라 그래서 엄마가 안 한다고 그랬다.

그리고 비치에 갔다. '오아시스' 레스토랑에 가고 해가 지고 나서야 전기가 다시 들어와서 코코넛 셰이크를 먹을 수 있었다.

설탕을 빼고 먹어보았는데 맛이 너무 밍밍했다. 다음부터는 설탕을 반이라도 넣어

달라고 해야겠다.

케이크와 반딧불이 투어

오늘은 반딧불이 투어를 가기로 한 날이다. 반딧불이 투어는 6시 전까지 알로나 비치 쪽에 있는 발레로소 앤 랄레 사무실로 모이면 된다. 알로나 비치에 4시 반쯤 나가서 저녁 식사를 하고 사무실까지 걸어가기로 했다. 그래서 식사는 '토토 에 페피노'에서 하기로 했다. 토토 에 페피노가 그 사무실과 가깝기 때문이다. 가서 주문을 하고 아이와 잠시 밖으로 나왔다.

오늘은 보홀에서 맞는 남편의 생일이라 케이크를 사서 축하해주고 싶었다. 알로나 비치까지 걸어가는데 케이크 가게는 안 보여서 과일주스 가게로 가서 근처에 케이크 가게가 있냐고 물었다. 그런데 사왕 마켓 근처에 가야 있다는 것이다. 지금 사왕 마켓까지 가기엔 너무 멀다.

일단 다시 나와서 친근하게 인사를 하는 호객꾼에게도 물어봤다. 똑같이 사왕 마켓 근처로 가야 한다고 대답한다.

쭉 걸어가다가 헤난 리조트 가드에게 호텔 안에 베이커리가 있느냐, 거기에 케이크를 혹시 파느냐 물어봤더니 베이커리는 없고 호텔 투숙객을 위한 서비스는 있다고 한다. 전날 생일이라고 미리 이야기하면 케이크를 준비해준다고. 이 호텔 투숙객이 아니라고 했더니 따로 사려면 사왕 마켓 쪽으로 가야 한다고 한다.

또 쭉 걷다가 와플 가게가 있어서 예쁜 와플 가게에 케이크가 있냐 물어보니 없다. 케이크를 사려면 쭉 가다가 오른쪽으로 꺾어서 '마마 클로스(?)'라는 가게에 판다고 이야기한다! 오! 만세! 이 근처라니!

그래서 얼마나 걸리냐 물어보니 여기서 20분 정도면 갈 수 있다고 대답해준다. 이미 시간은 5시 정도였고 왔다 갔다 40분을 하면 식사하고 반딧불이 투어 약속 시간에 늦을 거 같아 그 가게에 가는 건 포기하기로 했다.

대신 근처에 아워 델리 브레드가 있어서 거기서 임시방편으로 머핀을 샀다. 아워 델리 브레드에서 머핀을 사며 생일 초가 있냐 물어보았는데 없다고 한다. 마트에 가보라 해서 근처 마트에 가보았다. 그러나

그곳에도 생일 초는 없었다.

한국에서는 아주 흔한 생일 초인데 여기서는 이렇게 귀하구나, 새삼 느꼈다.

일단 작은 머핀만 사서 부랴부랴 다시 식당으로 갔다. 아이가 식당에 혹시 생일 초가 있냐고 물어봤는데 여기도 생일 초는 없다고 한다. 흑 흑. 결국 초도 없는 머핀 1개를 놓고 생일 축하 노래를 불러주었다.

식사는 깔조네(큰 만두같이 생긴 피자)와 음료 등을 시켰다.

맛있게 식사를 하고 5시 45분 정도에 발레로소 랄레 사무실에 갔다. 조금 일찍 도착했다. 그래서 사무실 앞에 의자에 앉아서 도로 쪽을 바라보고 있었는데, 이런! 정면에 케이크 가게가 눈에 들어왔다.

흑흑 이렇게 지척에 두고 한 시간을 돌아다니고도 못 찾다니! 살짝 허무하면서도 웃음이 났다.

6시가 되면 해가 넘어가서 금세 깜깜해졌다. 시간이 되어서 밴에 여러 명이 탑승을 하고 출발했다. 칠흑 같은 어둠에 조도가 밝지 않은 작은 불빛들, 맞은편 차의 헤드라이트만 보이는 어둠 속을 달렸다. 어두워서 밖도 잘 안 보이니 시간이 더 길게 느껴졌다. 차를 타고 답답한 어둠 속을 달리다 보니 반딧불이 투어는 현지인 투어로 안 하길 잘했다고 생각했다. 그러진 않겠지만 차에 싣고 정말 어디로 끌고 가도 모를 것 같았다.

한 시간쯤 달려서 정말 시골길로 들어가더니 이내 차가 멈추었다. 다른 차가 더 와야 두 차를 합해 보트를 타니 좀 기다리라고 했다. 기다리면서 아이와 하늘을 봤는데 별이 쏟아질 것 같았다! 여기서 보니 밤하늘의 빛나는 별과 밤하늘의 빛나는 인공위성 차이를 확실히 알 것 같다. 더불어 서울 하늘에서 보이는 별이라고 생각한 것들은 거의 인공위성인가 보다 싶었다. 우리는 오리온자리, 카시오페이아를 찾았다. 아이는 북두칠성 국자도 찾았다고 한다. 날아가는 반딧불이 한 마리도 보았는데 정말 자동차 헤드라이트보다 밝고 맑게 빛났다!

이십 분 정도 기다려서 다른 차가 왔는데 갑자기 진행팀이 미안하다며 오늘은 유량이 많고 유속이 너무 세서 위험하다, 보트가 뜰 수가 없다, 다른 포인트로 이동하면 가능하다는 말을 한다.

그리고 그 포인트까지 다시 이동하려면 여기서 한 시간을 더 가야 한다고 한다. 그래서 모인 사람들이 더는 못 간다고 결론을 냈다. 한인 업체가 아니어서 다 영어로 진행되기도 해서 조금 답답한 면도 있었다. 안 되면 빨리 접고 돌아가면 되는데 계속 미안하다, 사과한다, 오늘은 이래서 못 한다, 등등을 한참 반복해서 설명하고 있었기 때문이다. 마음 같아선 안 되면 빨리 갑시다! 하고 싶었다.

다른 사람들도 다시 이동하는 건 안 한다고 해서 결국 다시 발레로소 랄레 사무실로 돌아갔다. 사무실에 도착하니 9시쯤이었다.

환불을 할 건지 다시 스케줄을 잡을 건지를 물어본다. 그래서 일단 환불을 한다고 했다. 오늘 계획은 수포로 돌아갔지만 업체 사정이 아니고 자연의 사정이니 어쩌겠는가. 우리에겐 앞으로도 2주의 시간이 있다. 이 정도는 괜찮다. 나중에 다시 와서 예약을 해야겠다.

환불을 하고 알로나 비치로 가서 코코넛 셰이크를 사 먹었다. 그리고 잭스 버거에서 버거와 프렌치프라이를 먹었다. 프렌치프라이는 갓 튀겨 나와서 정말 맛있었다. 맛있는 것을 먹으니 기분이 다시 좋아졌다!

잭스 버거 옆에 탄생석 팔찌를 파는 사람이 있었는데 아이가 아빠 생일 선물을 사주자고 했다. 그래서 '타이거 아이'라는 원석을 골라서 아빠에게 수제 팔찌 선물을 해주었다. 150페소라 쓰여 있는데 아이가 동전을 찾고 있으니 140페소만 달라고 한다. 보홀 길거리에서 탄생석 선물도 고르고 재미있었다.

시간이 너무 늦어서 숙소로 돌아가기로 했다. 밤이 되니 트라이시클 운전사들이 50페소에 잘 안 해주려고 한다. 두세 명에게 50페소에 되냐고 물어보다가 마지막 사람에게는 우리는 여기 한 달 동안 살고 있고 매일 알로나 비치에 나오는데 100페소는 너무 비싸다. 50페소에 해달라 하니 드디어 오케이를 한다. 이렇게 숙소로 돌아왔다.

오늘은 아빠 생신이어서 엄마와 같이 케이크를 사려고 헤맸다. 헤매는 도중에 제임스 브라운 아저씨 친구를 마주쳤다. 그 아저씨에게 어디서 케이크를 살 수 있냐고 물어보았다. 그런데 해결할 수 없었다. 사왕 시장으로 가라고 하는데 그곳은 너무 멀기 때문이다.

그래서 컵 케이크로 대체하기로 하고 생일 초라도 사려고 또 돌아다녔다. 작은 슈퍼마켓에 있을지도 모른다는 말을 듣고 슈퍼마켓을 찾아갔는데 생일 초는 없고 크고 하얀 양초만 팔아서 보고 엄청 웃었다.

우리는 피자 가게에서 피자를 시키고 생일 초 없는 컵케이크를 놓고 아빠에게 "Happy Birthday to you~"하고 노래를 불러주었다. 다 먹고 나가는데 피자 가게 점원이 우리를 보고 큰 소리로 "Happy Birthday!!"라고 말해주었다. 센스가 넘친다.

반딧불이 투어에 가기로 해서 큰 차를 타고 이동을 했다. 반딧불이를 어디서 보는지 궁금해서 아빠 휴대폰으로 GPS를 잡으려고 했는데 제대로 안 잡히고 우리가 가는 반대 방향으로 가는 것처럼 잘못 표시되다가 한참 후 순간이동을 하는 것처럼 다시 제대로 잡혔다. 왜 그랬는지 모르겠다.

반딧불이를 볼 생각에 잔뜩 기대하고 갔다. 긴 시간을 차를 타고 이동했는데도 기대하는 마음이 있어서 별로 힘들지도 않고 시간도 긴 줄 몰랐다. 차에 사람이 많이 타서 좀 덥긴 했다.

그런데 오늘 수위가 높고 물살이 빠르다고 해서 배를 띄우지 못했다. 반딧불이 투어는 배를 타고 강 위에서 반딧불이를 보는 것이어서 배가 떠야 가능하다. 결국 반딧불이 투어는 하지 못했다. 대신 강 근처에서 다섯 마리 정도 날아다니는 것은 봤다. 엄마는 예쁘다고 했는데 나는 반딧불이가 띄엄띄엄 있어서 별로 예쁘진 않고 이상했다.

다시 투어 사무실로 돌아와서 환불을 받고 알로나 비치에서 놀았다. 팔찌를 파는 상인이 있어서 아빠 생신 선물로 팔찌를 사 드리기로 했다. 팔찌를 파는 분이 1월 탄생석이 '타이거즈 아이'라고 해서 '타이거즈 아이' 팔찌를 골랐다. 그런데 원래 1월 탄생석은 '가넷'인데 왜 '타이거즈 아이'라고 하는지는 모르겠다. 가넷이 비싸서 그런가? 아니면 나라마다 탄생석이 다른가? 이유는 모르겠지만 아빠는 내 선물을 받고 좋아하셨다. 그게 중요하지, 가넷이건 타이거즈 아이건 뭐가 중요한가?

반딧불이 투어를 결국 못하고 숙소로 돌아가는데 '이런 것도 추억이지.'하는 생각
이 들었다.

사실, 반딧불이 투어를 못 해서 오늘은 좀 실망했다.

쌍무지개가 떴다
: 쌍무지개의 과학적 원리를 알아보자

　아침에 일어나니 해가 쨍쨍했다. 이런 날은 비치의 석양이 예쁜데 오늘은 알로나 비치엔 가지 않기로 했다. 해가 너무 쨍쨍하게 뜨는 날 오래 외출하면 아이 피부가 걱정되기 때문이다. 숙소 근처 과일 가게에 가서 망고 2kg과 파파야 1개를 샀다. 엊그제 아이가 알로나 비치에서 사 먹었던 손질된 파파야가 맛있다고 해서 직접 사는 것에 도전해 보았다.

　낮에 숙소 수영장 옆에서 한국에서 가져온 햇반, 참치캔, 컵라면과 아침에 사온 망고로 식사를 했다. 해가 좋으니 그늘에 있어도 더웠다. 이렇게 더우면 힘들어서 일을 못 하겠네, 생각하다가 내가 이곳에서 만난 숙소 직원, 식당 직원, 트라이시클 아저씨, 알로나 비치에 호객꾼들이 생각났다. 내가 본 그들은 모두 똑똑하고(여기 사람들은 영어, 필리핀 고유어인 타갈로그, 보홀에서만 쓰는 언어 세 가지를 한다) 일 눈치도 빠르다.

내일 고래상어 투어로 일찍 나가야 해서 아침 식사로 먹을 샌드위치를 포장해 오고 저녁 식사도 할 겸 슬슬 '나무'로 걸어갔다. 그런데 가는 길에 무지개가 너무 예쁘게 뜬 것 아닌가! 한국에서는 항상 건물에 걸려 완벽한 반원을 본 적이 없는데 이건 완벽한 반원이었다. 그런데 안타깝게도 너무 커서 사진에는 온전히 담기지 않았다. 그래서 예쁨을 눈으로 담았다. 신나서 무지개 사진을 찍고 놀고 있는데 갑자기 무지개가 쌍무지개가 되었다! 무지개 하나로도 충분히 즐겁고 좋은데 그런 무지개가 둘이라니! 오늘은 정말 행운이 가득한 날이다!

쌍무지개가 떴다. 학교에서 배운 내용이 생각났다. 쌍무지개는 사실 무지개가 2개 뜨는 것이 아니다. 1개의 무지개가 뜨고 그 무지개가 반사되어 2개로 보이는 것이다. 그래서 쌍무지개 중 하나는 진하고 하나는 연하다. 또, 진한 무지개는 반원의 겉에서부터 빨주노초파남보 순서이고, 옅은 무지개는 반사되었기 때문에 반원의 겉에서부터 보남파초노주빨 순서이다. 쓰면서도 순서가 참 어색하다.

쌍무지개가 비록 무지개 2개가 아니더라도 쌍무지개를 보면 행운이 찾아올 것 같아서 기분이 좋다.

고래상어 투어

오늘은 고래상어 투어를 하기로 한 날이다. 고래상어를 보는 곳은 '릴라'라는 곳이다. 8시에 현지 가이드 분을 숙소 앞에서 만나기로 했다. 비용은 입장료 인당 1,500페소+밴(다인승 차)으로 릴라까지 왕복해주는 가이드 비용 2,500페소이다. 가이드라고 해서 크게 뭘 해 주는 건 아니고 그냥 운전만 해주고 릴라에 있는 고래상어 포인트까지 안내를 해준다. 그 후부터는 고래상어 업체에서 안내를 해준다.

한국 업체로 계약을 하고 가면 '고프로'로 물속에서 고래상어와 함께 있는 사진들을 찍어준다. 그런데 현지 가이드를 통해 가면 물속 사진은 찍어주지 않는다. 현지 업체 중에서도 수중 촬영을 해주는 업체가 있을 수도 있다. 다만 고래상어 있는 곳은 새우젓을 너무 뿌려서 물이 맑지 않아서 사진을 찍어도 잘 안 나온다는 후기도 있었다. 그래서 사진은 포기하는 대신 눈으로 담기로 하고 비교적 저렴한 비용을 선택하기로 했다.

고래상어는 지구에서 몸집이 가장 큰 물고기이다. 몸집이 큰 고래만 해서 고래상어인가 보다. 영어로는 웨일 샤크이다. 이름이 상어라서 뭔가 굉장히 무시무시한 것 같지만 목구멍이 작고 이빨이 없어서 사람은 공격하지 않고 작은 새우만 먹는다. 작은 새우 정도 크기만 넘어가는 목구멍을 가지고 있다고 한다.

아이들이 많이 보는 만화 영화인 '옥토넛'의 1편 주인공이 고래상어다. 나에게 고래상어는 굉장히 낯선 동물이었는데 옥토넛 덕에 아이는 친숙해하며 얼른 보고 싶어 했다.

오늘 우리를 가이드해줄 분 이름은 마이클. 아침 8시에 약속대로 숙소 앞으로 우리 가족을 데리러 왔다. 표를 샀냐고 물어봐서 아직 안 샀다 하니 표 사는 곳에 들러서 표를 사다 주신다. 표 파는 곳은 알로나 비치 근처 '스시 한' 식당 바로 옆에 붙어 있다. 표도 예쁘게 생겼다.

차를 차고 한 시간 정도 이동하니 웨일 샤크 포인트가 나온다. 전문
업체가 웨일 샤크를 관광 상품으로 만들어 업체를 운영하고 있다. 마
이클은 우리를 여기 데려다주고 업체에 자기 번호를 남겨놓았으니 끝
나면 연락해달라고 말하라고 한다. 그럼 다시 데리러 오겠다고.

마이클이 써준
본인 번호.
관광지마다 내려주고
드라이버 번호를 꼭
남겨준다. 안심이 된다.

마이클과 인사를 하고 주변을 둘러보았다. 고래상어 투어를 하는 동안 바다 위에 짐을 가져갈 수 없으니 짐을 놓을 곳도 있다. 혹시 몰라 일부러 가방에 여권은 안 넣어오고 돈도 많이 가져오지 않았다. 샤워장도 간단하게 있어서 바다에서 나오면 간단한 물 샤워가 가능하다.

업체에서 고래상어 안전 수칙을 한국어로 설명해준다. 고래상어는 민감하기 때문에 릴라 바다에 들어갈 때는 선크림을 바르면 안 된다고 했다. 그래서 일부러 선크림도 안 바르고 왔다. 아침 하늘이 흐리고 비도 조금 와서 정말 다행이다.

앉아서 대기를 조금 하다가 우리 차례가 되어서 바다 쪽으로 갔다. 바다로 가는 길목에 오리발(fin) 렌트도 하고 기념품도 판다. 아이가 오리발을 쓰고 싶다 해서 50페소에 빌렸다. 돈이 가방에 있어 먼저 오리발을 빌리고 나가기 전에 돈을 가져다주어도 되냐고 물으니 그렇게 하라고 한다. 고맙다. 믿고 사는 사회다.

보홀 여러 곳이 그렇지만 릴라 또한 풍경이 정말 아름다웠다. 바다 초입은 물이 굉장히 얕고 너무나도 투명했다. 그래서 물에 들어가서 사진을 많이 찍었다.

릴라 풍경

    드디어 작은 배를 타고 고래상어를 만나러 나갔다. 우리가 탄 배에는 모두 한국 사람만 탔다. 고래상어 포인트에 내리니 배에서 새우젓을 뿌렸다. 짠 내가 났다.

    곧 고래상어가 온다!

    아이가 있어서 그랬는지 현지 가이드 한 분이 우리를 전담으로 봐주었다. 물속에 고래상어가 있으면 여기 있다고 말해주기도 하고 물고기 떼가 지나가면 "베이비! 룩 히어(Look here; 여길 봐)!"라고 말도 해주었다. 정말 고마운 아저씨다.

아이는 고래상어를 더 가까이 보고 싶다고 구명조끼를 안 입고 싶어했다. 절대 안 된다! 에휴, 지금이야 이렇게 위험한 것을 하려 해도 엄마가 막지만, 20살 넘어가면 내게 물어보지도 않고 하겠지, 싶다.

고래상어는 큰 점박이 무늬이다. 운이 좋게 고래상어가 우리 눈앞으로 정면으로 와서 상체를 조금 세우고 입을 벌리는 걸 보았다. 귀여운 고래상어 딱 그 모양이었다! 이빨은 확실히 없구나. 얼굴 양쪽엔 콧구멍인지 숨구멍이 작게 뚫려있다. 배는 하얗다! 비록 사진은 못 찍었지만 눈에 담았고 기억에 담았다!

바다에 스노클링 하는 시간은 30분이고 오늘은 고래상어를 4마리 보았다. 신기했다.

투어가 끝나고 샤워실에서 간단히 물 샤워를 한 후 마이클 아저씨를 불러달라고 업체에 이야기했다. 금방 아저씨가 왔다. 고래상어는 재미있었냐 등등을 묻는다. 네!

아이는 고래상어를 본 것이 정말 좋았다고 한다. 고래상어 투어를 마치고 다시 마이클 아저씨 차를 타고 점심을 먹기 위해 알로나 비치에 내려달라고 했다.

오늘은 해가 안 나서 추웠다. 해가 나면 사진이 잘 나오고 저녁엔 석양도 정말 아름답다. 그렇지만 피부가 잘 그을려서 그 점은 싫다. 반면에 해가 안 나면 피부가 그을리지는 않아서 좋은데 물놀이 후엔 춥기도 하고 사진도 잘 안 나온다. 역시 모두 다 좋은 것도, 싫은 것도 없다.

원래 계획은 점심을 '졸리비'에서 먹으려 했는데 졸리비는 에어컨을 틀어서 추울 것 같아 사방이 뚫려있는 식당을 생각하다가 '게리스'로 갔다. 오늘은 치킨을 절대 시키지 않을 것이다.

게리스에서 식사를 하고 후식으로 할로할로를 시켰다. 할로할로는 이집 저집 다 맛있지만 역시 과일을 제일 많이 넣어주는 곳은 '라 파밀리에'다.

게리스에서 나와서 알로나 비치로 갔다. 바다에서 한참 놀다가 아이가 카약을 타고 싶다고 한다. 비치에 카약 빌려주는 곳들이 있다. 가서 얼마냐고 물어보니 30분에 250페소를 이야기한다. 조금 깎아 달라고 하니 200페소만 내란다.

셋이 카약을 타고 패들을 저으며 앞으로 쭉쭉 나갔다. 가면서 빙글 돌기도 하고 패들끼리 부딪히기도 하고 재미있었다. 타길 잘 했다. 카약을 타고 앞으로만 나아가면 부표를 넘어가게 되어서 위험하다. 그래서 옆으로, 옆으로 이동했다. 쭉 가다 보니 헤난 리조트 앞바다까지 가고 그 너머까지 보였다. 이동 수단이 발달하며 시야가 넓어지는 것을 체험하는 순간이었다.

카약을 반납하고 난 후 갑자기 장대비가 내렸다. 금방 그치긴 했는데 추웠다. 저녁을 '알로하 히든 드림'에서 먹기로 하고 일단 가서 앉았다. 오늘은 콤보 세트를 먹지 말고 새우 구이를 먹어야지! 가지고 나온 돈을 보니 약간 모자랐다. 계획 없이 카약을 탔더니 돈이 모자르는구나. '알로하 히든 드림'에 카드도 받냐 물어보니 카드는 안 받는다고 한다. 카드를 사용하려면 맥도날드나 졸리비에 가도 되지만 지금도 추운데 에어컨 바람까진 쐴 수 없어서 할 수 없이 아빠가 숙소로 돌아가서 돈을 가지고 나오기로 했다.
이 말이 생각났다. 덮어놓고 쓰다 보면 거지꼴을 못 면한다. 아이에게도 "우리 오늘 너무 계획 없이 돈을 써서 현금이 똑 떨어졌어. 다음부터 계획을 가지고 돈을 써야겠어!"라고 말해주었다.

아빠가 돈을 가지러 숙소에 간 사이, 맞은편 세븐일레븐에서 물과 따뜻한 커피, 컵라면을 샀다. 컵라면은 현지 컵라면이었는데 용기가 종이가 아니고 플라스틱이다. 노란색 컵라면인데 매운맛이 없어서 아이가 먹기에 적당했다. 플라스틱 용기에 뜨거운 물을 붓는 것이 마음에 좀 걸리긴 했지만.

고래상어 투어 준비물

- 수영복(우리는 모두 래시가드를 입었는데 바닷속에는 비키니 수영복이 사진이 예쁘게 나온다.)
- 큰 타올과 우비(물에서 나와서 차를 타면 추우니 보온을 위해 두꺼운 비닐로 된 우비가 있으면 좋을 것 같다.)
- 스노클링 마스크
- 구명조끼(없어도 된다. 릴라의 웨일 샤크업체에서 빌려준다.)
- 오리발(쓸 수 있는 사람만. 없으면 현장에 가서 50페소에 빌릴 수 있다.)

릴라로 가는 길

오늘 아침 일찍 '고래상어'를 보러 갔다. 롱핀(long fin)을 빌렸다. 처음에는 엄마와 함께 가다가 나중에 가이드 아저씨랑만 가서 자유롭게 고래상어를 봤다. 나는 구명조끼를 벗고 헤엄치며 놀고 싶었는데 엄마가 절대 안 된다고 했다. 계속 졸랐는데도 안 된다고 했다.

아저씨들이 고래상어를 유인하려고 새우젓을 많이 뿌렸다. 새우젓을 먹으려고 고래상어가 4마리나 헤엄치며 왔다. 갑자기 한 마리가 나를 먹으려는 것처럼 나에게 빠르게 헤엄쳐왔다. 부딪힐 것 같아서 무서워서 나도 빠르게 피했다. 내가 안 피했으면 부딪혔을 거다. 그러더니 이내 내 옆에 있는 새우젓을 먹었다. 뻐끔뻐끔거리면서 맛있게 먹었다. 새우젓 냄새가 조금 꼬질꼬질했지만 상어들이 많이 있어서 좋았다.

크기는 내가 상상한 것보다 작았다. 어렸을 때 많이 본 만화영화 <옥토넛>에서는 고래상어 입안에 북극곰 '바나클'과 고양이 '콰지'가 들어가고도 아주 넓은 공간이 남을 정도로 어마어마하게 큰 입과 몸집으로 묘사되었다. 그런데 실제 고래상어 입은 가로로 길쭉하고 크기는 내 손 두 뼘 정도밖에 안 되었다. 절대 사람은 못 먹는다. 심지어 이빨도 없어서 몸집 크기는 크지만 귀엽다.

고래상어랑 헤엄치며 놀고 있는데 삑삑삑 휘슬 소리가 세 번 났다. 인제 갈 시간이다. 고래상어와 한참 놀아서 시간이 아쉽지는 않았다. 오면서 기념품 가게에 들렀는데 기념품으로 작은 키링을 구매했다. 고래가 헤엄치는 사진이 담긴 키링이다. 맘에 든다. 한국에 가서 학교 가방에 달고 다녀야지.

고래상어 투어가 끝나고 마이클 아저씨 차를 타고 돌아와서 알로나 비치에 내렸다. 그리고 수영도 하고 바다에 떠 있는 부표 위에 올라도 가서 뛰어봤다.

카약을 빌려주는 곳이 있어서 카약을 타봤다. 배가 뒤집힐 뻔한 적도 많이 있었다. 노를 힘껏 저어도 생각만큼 쭉쭉 나가지는 않았다. 그래도 재미있었다. 카약 바닥이 투명해서 예쁜 물고기가 보이기도 했다. 신기했다. 그리고 알로나 히든 드림에서 맛있는 새우를 먹었는데 밖에는 비가 콸콸 쏟아진다.

그리고 지금 카약 때문인지 울렁울렁한 느낌이 계속된다.

카약은 원래 앉아서 타는 건데 그냥 한번 서 봤다.

보홀 본 섬 투어

오늘은 베봇 아저씨와 보홀 본 섬 투어를 약속한 날. 가이드북에는 육상 투어라고 나왔다. 아마 바다에서 하는 투어가 아니라 그렇게 이름을 붙였나 보다. 8시 반 약속 시간에 아저씨가 숙소 앞으로 오셨다.

왔다 갔다 하는 날씨에 선크림과 우산을 챙겨서 출발! 트라이시클이 새것 같아서 새것이냐고 물어보니 3개월 되었다고 한다. 차 가격은 우리나라 돈으로 450만 원 정도 한다고 한다.

베봇 아저씨의 가이드 가격은 저번에 이야기한 대로 육상 투어+히낙다난 동굴+나팔링까지 해서 2,500페소.

우리 여정은

1. 바클레욘 성당

2. 초콜렛 힐(ATV)

3. 로복 크루즈

4. 로복 짚라인

5. 타르시어 원숭이 보호구역

6. 나비 농장

7. 맨메이드 포레스트

8. 보홀 비 팜

아저씨가 많다며 껄껄 웃는다.

1. 바클레욘 성당: 입장료 무료. 박물관만 인당 50페소인데 박물관 관람은 하지 않았다.

바클레욘 성당은 필리핀에서 두 번째, 보홀에서 가장 오래된 성당 이라고 한다. 보홀이 두 번째 오래된 성당을 보유한 섬이라니. 큰 도 시도 아닌데 신기하다. 1595년에 지어지고 1727년에 산호석을 이용해 재건축을 시작했다고 한다. 내부는 굉장히 화려하고 멋졌다. 특히 천 장화가 멋졌다. 천장에 그림을 그리다가 병이 깊어진 미켈란젤로 생각도 나고 어찌 저렇게 천장에 그림을 그릴까 신기하다. 우리가 간 시간은 미사를 드리는 중인데 문을 다 열어 놓았다.

바클레욘 성당에서 나오는데 비가 내리기 시작했다. 성당에서 나와 초콜릿 힐로 가려고 보홀섬으로 깊숙이 들어가고 있는데 비가 점점 굵어지더니 완전 장대비가 내린다.

내리는 장대비에 걱정되어 베봇 아저씨에게 오늘 투어가 가능할까, 다음으로 미루어야 할까 물어보니 아저씨가 망설인다. 아마 여기까지 와서 그런 것 같다. 뭐 갈 수만 있다면 안 미루어도 된다니 일단 고!

원래의 계획은 이랬다. 먼저 가장 먼 초콜릿 힐로 가서 오전 좀 덜 뜨거울 때 ATV를 타고 로복강 크루즈를 런치 식사 시간에 맞추어서 식사를 하며 즐기려는 계획이었다. 그런데 비가 많이 오니 베봇 아저씨가 비가 올 동안 일단 로복강 크루즈로 가 있으라고 한다. 계획을 변경하여 로복강 크루즈로 이동했다.

2. 로복강 크루즈: 입장료(식사 포함, 병 음료 불포함) 성인 850페소, 어린이 425페소. 현장 결제. 평일은 오전 10시~오후 2시 반, 주말은 오전 10시~오후 3시 운영. 전체 코스 1시간 정도 소요.

비가 정말 장대같이 내린다. 선상에서 밥이나 먹을 수 있을까 싶다. 9시 30분쯤 도착했는데 10시에 문을 연다고 한다. 조금 기다려야 했다. 입장료가 비싼 곳이라 그런지 곳곳에 구경할 것들이 있어서 심심하진 않았다. 내부는 깨끗했다.

삼십 분 정도 이곳저곳 둘러보다가 10시가 되었다. 신기하게 비가 그쳤다. 우와! 신난다! 사람이 모이고 배가 뜰 때쯤이 되니 언제 그랬냐는 듯 해가 났다.

배에는 노란색 옷을 입은 사진사가 같이 타서 사진을 찍어준다. 사진사분이 찍은 사진은 배에서 내린 후 오피스에 가서 구입할 수 있다.

원주민 공연장

배가 출발한다. 로복강 풍경이 정말 아름다웠다. 가다가 서서 원주민 공연을 본다. 노래 부르고 춤추는 원주민 공연을 하고 TV에서만 보던 대나무 춤도 춘다. 원주민 공연을 보고 있는데 공연을 즐겁게 하는 사람, 정말 마지못해 내가 해준다는 표정으로 하는 사람, 표정들이 가지각색이다.

공연팀을 보며 나를 돌아보게 되었다. 나는 내 일에 얼마나 최선인가. 또 얼마나 즐기며 하고 있나. 순간을 진심으로 대하고 즐기며 내 일을 가꾸는 내 인생이 되었으면 좋겠다는 생각이 들었다.

대나무 춤 공연에는 관광객들이 참여할 수도 있다. 신기해서 나도 같이 춤을 춰봤다. 재미있었다.

하필 비가 많이 와서 강물이 뿌옇다.

사진에 로복강의 예쁜 풍경이 다 안 담겨서 아쉬웠다. 로복강 런치 크루즈는 조금 비싼 편이지만 보홀에 가면 식사 겸 한 번 쯤 꼭 해보길 권하고 싶다. 어른들을 모시고 가고 싶다는 생각도 들었다. 아이도 풍경이 예뻤는지 계속 밖을 바라본다. 예쁜 풍경을 보며 선상에서 만찬을 먹는 즐거움이 좋은 시간이었다.

　로복강 크루즈를 끝내고 이제 초콜릿 힐 쪽으로 갔다. 가는 길이 굉장히 멀었다. 가다 보니 환전소가 나와서 환전을 하고 옆에 가게에서 여행 중 마실 물을 사고 베봇 아저씨에게도 물을 한 병 드렸다.

　3. 맨 메이드 포레스트

　여기는 이동하다가 포토 포인트에 내려서 잠깐 사진만 찍었다. '맨 메이드 포레스트'라는 거창한 이름이 붙어 있어 특별한 곳인 줄 알았는데 아주 특별하지는 않았다. 홍수를 대비해 사람이 만든 숲이라고 한다. 그래서 이름이 '맨 메이드 포레스트'. 사람이 조성한 숲이라는 것이 한국인인 나에게는 그닥 특별할 것이 없었는데 어디에나 울창한 나무가 있는 필리핀에서는 사람이 만든 인공 숲이 특이한가 보다. '사람이 만든 숲'이 고유 명사가 되었다.

4. ATV 타고 초콜릿 힐 가기: 입장료 인당 1,100페소

보홀에 여러 업체가 있는데 우리가 간 업체는 업체 가이드가 함께 가서 사진을 찍어준다. 가이드가 찍어주는 사진이 정말 멋지다.

아이가 이걸 하고 싶다고 많이 기대를 하고 있었는데 비가 많이 와 땅이 질어서 운전이 힘들었다고 한다. 그래도 사진이 멋지게 남아서 전혀 후회가 없다.

5. 초콜릿 힐: 인당 입장료 100페소

트라이시클을 타고 쭉 올라가다가 입구에서 내려준다. 입구부터 아래로는 귀여운 키세스 초콜릿들이 솟아 있다. 들어가면 높은 계단이 있는데 위로 올라가면 전망대이다. 위에서 내려다보니 키세스 동산이 동글동글 귀엽다. 너무 예뻐서 사진을 많이 찍었다.

난간이 있어도 애가 떨어질까 봐 엄마 마음이 떨어질 뻔했다. 너무 걱정이 많은 엄마인가 싶다. 가운데에 전망 망원경이 있는데 아이가 보고 싶다고 한다. 돈을 넣는 구멍이 있는데 동전을 투입하지 않아도 망원경이 잘 보인다.

전망대에서 내려와서 베봇 아저씨를 찾았는데 안 보인다. 잠시 앉아서 기다렸다. 바람이 시원하다. 거기 있는 직원에게 베봇 아저씨 전화번호를 보여주며 전화를 걸어달라고 했더니 티켓을 보여달라고 한다. 티켓 뒤에 '베봇'이라고 적혀 있다. 보홀 관광지마다 입장 티켓 뒤에 가이드 이름과 연락처를 적어놓는 것이 규칙인가 보다. 생각해 보니 고래상어 투어, 로복강 투어 때도 입장 티켓 뒤에 가이드 분 이름과 연락처를 적어서 주었다. 직원분이 무전으로 베봇, 뭐라고 뭐라고 한다. 아마 베봇 아저씨를 찾는 무전인가 보다. 잠시 후 베봇 아저씨가 와서 트라이시클을 타고 다음 장소로 이동했다.

6. 타르시어 원숭이 보호구역: 입장료 인당 150페소

들어가자마자 플래시 금지라고 써 있다. 야행성이라 낮에는 잔다고 한다. 조용히 하라는 표지도 있다. 아주 예민해서 서식지를 강제로 이동시키면 못 산다고 한다. 그래서 조심조심 들어갔다. 정글 속을 들어가는 기분이다. '도대체 원숭이가 어디 있는 거람.' 생각할 때쯤, 의자에 앉아 있는 직원이 여기 있다고 한다. 보니까 진짜 작은 원숭이가 꼬리를 늘어뜨리고 코알라처럼 나뭇가지에 붙어서 자고 있다. 새끼는 엄지손가락만 하다더니 성체도 손바닥 반도 안 한다. 진짜 귀엽다. 살금살금 가까이 갔는데 눈을 뜬다. 낮에는 눈 뜬 타르시어 원숭이 보기

힘들다던데 운이 좋다고 생각하는 순간 아이가 '우리 때문에 깬 거야?'라고 소근거린다. 그래서 더 조심히 다니기로 했다. 크기도 작고 잘 안 보이는데 신기하게도 원숭이가 있는 곳마다 직원들이 자리를 잡고 있다. 일부러 포인트마다 앉아있으며 관광객들에게 위치를 알려주나 보다.

7. 나비 농장: 입장료 인당 100페소

나비 농장에 갔다. 입구를 못 찾겠다. 일단 표지판 앞에서 사진을 찍고 있는데 지나가던 필리핀 아저씨가 사진을 찍어주겠다고 한다. 사진을 찍어주며 갑자기 자신이 여기 주인이라고 소개를 한다. 그러고 보니 부자인가 보다. 양손에 금반지를 5개나 꼈다.

나비는 많지는 않고 뱀, 원숭이, 악어, 앵무새, 공작새 등 다른 동물들이 소소하게 많았다.

나비 농장을 보고 나니 다섯 시 정도가 되었다. 다음 여정은 보홀 비팜이라고 했는데 보홀 비 팜보다 ICM을 가는 것이 나을 것 같아서 베봇 아저씨에게 그렇게 해달라고 했다. 400페소를 더 이야기해서 오케이를 하고 ICM으로 갔다.

ICM에 가니 6시가 되었고 아저씨가 8시에 다시 온다고 했다. 그렇게 시간 약속을 하고 ICM으로 가서 식사도 하고 장을 봤다.

육상 투어를 트라이시클로 하면 좋은 점은 바람이 시원하다는 것,

나쁜 점은 앞에 트럭이라도 지나가면 매연이 그대로 들어온다는 점이다. 다시 투어를 한다면 반드시 밴을 타고 이동하는 편을 택하겠다.

> ### tip
>
> 타르시어 원숭이 보호구역은 들어가는 숲이 정글로 들어가는 이색적인 느낌이 나서 추천한다. 나비 농장은 가도 그만 안 가도 그만.

오늘은 육상 투어 날!!

우리는 처음에 16세기에 지어진 바클레온 성당에 갔다. 박물관은 별 둘러볼 것이 없어서 패스했다. 성당 밖을 둘러보면 옛 건물 티가 난다. 하지만… 비가 너무 많이 와서 많이 둘러보지 못했다. 그다음 원래 계획대로라면 ATV를 타야 되는데 비가 와서 로복강 런치 크루즈를 먼저 했다.

로복강 런치 크루즈는 뷔페이고 음식은 적은 편이다. 인기 있는 음식은 과일. 다른 음식들은 다 리필이 되는데 과일은 리필을 하지 않는 데다가 원하는 사람도 많다. 음식을 먹을 때 배가 출렁출렁해서 뱃멀미가 심한 사람은 토할 수도 있겠다는 생각이 들었다. 나는 이것으로 만족했다.

다행히 비가 그쳐서 ATV를 타러 갔다. 첫 번째 업체는 비가 와서 안 된다고 했고 두 번째로 간 곳은 승낙했다. ATV를 탔는데 길이 질퍽해서 운전이 힘들었다. 그래서 아빠와 함께 버기카를 탔다. 혼자 타면 ATV를 타고 둘이 타면 버기카를 탄다. 물이 버기카 안으로 들이쳐서 신발이 다 젖고 바퀴 때문에 물이 튀었다.

보홀에 오기 전에 가장 많이 기다린 것은 고래상어 투어였고 두 번째가 호핑 투어였고 세 번째가 안경원숭이 보기였고 네 번째가 바로 ATV 타기였는데 비가 와서 버기카를 탈 수밖에 없었다. 그래서 조금 실망했다. 나 혼자서 운전하고 싶었는데….

그래도 재미있었다. 버기카를 타고 올라간 전망대에서 경치가 한눈에 보였다. 초콜릿 힐이 엄청나게 넓은지 지평선 끝까지 초콜릿 힐이 끝없이 계속 있었다. 정말로 키세스 초콜릿 모양이었다. 누가 이름을 지었는지 정말 잘 지었다.

전망대 위로 올라가면 직원분이 초콜릿 힐과 멋진 하늘을 배경으로 사진을 찍어주신다. 전망대에 사진을 찍을 수 있게 빗자루, 물병, 모자 등 소품이 몇 개 있고 빗자루로는 마녀처럼 하늘로 점프해서 정말로 나는 것처럼, 물병으로는 물병에서 떨어지는 물방울을 먹는 것처럼 신기하게 착시 사진을 찍어주신다. 재미있었다.

한 달이라도 좋아, 보홀이라면!

버기카를 타고 내려오고 다시 초콜릿 힐 전망대로 올라갔다. 그곳에서는 종도 울리고 사진도 찍었다. 망원경으로 멀리 있는 다른 산도 봤다.

그다음으로 타르시어 원숭이 보호구역으로 갔다. 타르시어 원숭이는 예민해서 플래시 No! 셀카봉 No! 큰소리 No! 뛰기 No! 만지기 No! 등 지킬 사항이 많다. 5마리를 보았는데 생각보다 마릿수가 적어서 실망했다. 그래도 귀엽다.

눈이  달콤하다!

다음으로는 나비 센터로 갔다. 가보니 뱀, 앵무새, 악어, 독수리, 공작새 등 다른 동물도 많다. 나는 뱀을 목에 걸어보았다. 생각보다 묵직해서 놀랐다.

나비가 짝짓기하는 것도 봤는데 신기했다.

투어를 다 마치고 ICM에서 쇼핑을 하고 집에 왔다.

"오늘 하루는 즐거웠다!!!"

맛있는 꼬치 가게 발견

어제 강행군을 마치고 오늘은 숙소에서 푹 쉬었다. 아이는 투어하느라 밀린 학습도 하고 수영도 했다. 아침 점심은 한국에서 가지고 온 즉석밥과 전에 사다 놓은 파파야와 망고를 먹었다. 저녁을 먹으러 팡라오 성당 쪽으로 슬슬 올라가다 보니 로컬 식당이 있어서 들어가 보았다.

메뉴판을 달라고 했더니 메뉴판은 없고 그릴만 판다고 꼬치들을 보여준다. 돼지고기 꼬치 하나에 15페소(약 375원), 밥이 10페소(약 250원)라고 한다. 일단 꼬치 10개와 밥을 시켰다. 바로 구워서 주는데 여기 와서 먹은 꼬치 중에 제일 맛있다! 거의 타지도 않게 정말 잘 구웠다. 결국 더 시켜서 25개를 먹었다.

더 시키면서 "베리 딜리시어스(Very delicious; 너무 맛있어요)!"라고 말하니 아주머니가 웃으신다. 다음부터는 주인아저씨가 한꺼번에 구울 수 있게 한꺼번에 많이 시켜야겠다.

보기엔 이래도
정말 인생 꼬치집이었다!

오늘은 저녁까지 특별히 한 게 없다. 하지만 저녁에는 숙소에서 남서쪽에 있는 어느 꼬치 집에서 돼지고기 꼬치를 먹었는데 엄청 맛있었다. 생긴 것은 꼭 닭꼬치 같았는데 쫄깃쫄깃하고 맛있다. 1개에 15페소. 진짜 가성비 맛집이다.

보홀에서 설날을

오늘은 설날이다. 아침에 한국으로 설날 새해 인사 전화를 드렸다. 아이는 세배를 하고 100페소를 세뱃돈으로 받았다. 외국에서 처음 맞는 설날이라 비록 떡국은 없었지만 재미있었다. 점심과 저녁을 알로나 비치에 가서 먹기로 하고 알로나 비치로 슬슬 걸어갔다. 오늘도 날씨가 흐리다. 날씨가 쩅하니 맑아야 예쁜 석양을 볼 텐데 아쉽다.

슬슬 걸어가다가 '피쉬 앤 칩스'를 파는 집을 발견했다! 이름은 '제프스 바.'

여기서 피쉬 앤 칩스를 먹어야지! 가게 안으로 들어가니 주인은 없고 손님으로 보이는 백인 아저씨와 부인이 음료를 마시고 있다. 백인 아저씨가 주인은 요리하는 중이니 조금 기다리라고 말해주었다. 아저씨는 부인과 함께 이곳으로 휴가를 왔다고 한다. 캐나다에 살고 있으며 부인의 고향인 필리핀으로 왔다, 너희는 어디서 왔니? 물어본다. 코리아라고 하니 부인이 가본 적 있다며 거기 지금 춥지? 얼마나 추워? 물어봐서 지금 기온은 영하라고 말해줬다. 영어를 유창하게 잘하면 더 대화를 많이 했을 텐데, 이럴 땐 참 아쉽다.

조금 있다가 주인아저씨가 나와서 우리는 피쉬 앤 칩스를 주문했다. 그런데 지금은 주문이 안 된다고 한다. 이따가 마켓에서 생선을 사와야 해서 저녁에나 된다고 한다. 아쉽지만 다음에 오겠다고 하고 나왔다.

아이는 졸리비 챔프 버거를 좋아한다. 그래서 졸리비로 갔다. 나는 졸리비 음식 말고 다른 것을 먹고 싶어서 졸리비에서 아이가 챔프 버거 먹는 것을 기다렸다. 졸리비에 부코 파이(코코넛 파이)가 있다는데 항상 팔지 않는다. 맛보고 싶은데 아쉽다.

챔프 버거를 다 먹고 알로나 비치 쪽으로 나가는 길목에 항상 지나치던 가게를 가보았다.

치킨과 감자튀김 세트가 199페소(약 5,000원)이다. 치킨 시즈닝 맛을 고르라고 한다. 여러 가지 중에 허니 버터와 레몬 글레이즈 두 가지를 선택했다.

조리하는 동안 기다리는데 가게 안은 좁아서 답답하고 가게 밖 테이블은 도로에 다니는 자동차 매연 때문에 꺼려졌다. 포장을 해서 알로나 비치에 앉아서 먹어야겠다.

과일주스 가게에서 코코넛 셰이크를 사서 알로나 비치에 자리를 깔고 앉아 치킨과 감자튀김을 먹었다. 199페소라 치킨 두 조각쯤이 있을 줄 알았는데 치킨이 무려 5조각이나 있다. 게다가 맛도 있다! 허니 버터 맛은 정말 그 허니 버터 과자 맛이고 레몬 글레이즈도 달달 상큼하니 맛있었다. 다 먹고 바다를 구경하며 앉아있는데 빗방울이 떨어진다.

비를 피하려 로스트 호라이즌으로 들어가서 남편과 산미구엘을 한 병씩 시켜 바다를 바라보며 맥주를 마셨다. 여유로움이 좋다.

건너편 테이블에서 외국인 둘과 한국인 젊은 남자 한 명이 대화를 하는 소리가 들린다.

젊은 남자는, 지금 한국은 친척들이 모이는 날인데 어른들이 "결혼

해라, 결혼해라." 할 것 같아서 여기로 피신 왔다고 말하고 있었다. 많고 많은 대화 중에 저 소리만 딱 귀에 꽂히다니 재미있었다.

어두워지기 전에 빵을 사러 아워 델리 브레드로 갔다. 빵을 사고 나서 옆에 만둣집에 만두 사진이 정말 먹음직스럽게 걸려 있어서 새로운 로컬 식당에 도전해보기로 했다. 중국인이 운영하는 식당 같았다. 한 조각에 15페소이고 열 조각 단위로 판다고 한다. 그런데 음식이 나왔는데 사진이랑 사뭇 달라서 흠칫 놀랐다. 아! 사진은 사진발이구나. 음. 맛은 그냥 그랬다.

만두를 다 먹고 빵을 가지고 트라이시클을 타고 숙소로 돌아왔다. 숙소로 돌아와 쉬고 있는데 누가 문을 두드린다. 나가보니 직원이다. 베봇 아저씨에게 연락이 왔는데 베봇 아저씨가 아파서 내일 가기로 한 히낙다난 동굴과 나팔링 스노클링을 목요일로 미룰 수 있냐고 물어본다. 당연히 괜찮다. 이곳에서 나에게 허락된 시간은 많으니까. 목요일 아침 8시에 보자고 이야기를 마쳤다. 내일 예정이었던 스노클링이 미루어졌으니 내일은 보홀 비 팜을 가봐야겠다.

오늘은 알로나 비치 근처에 있는 졸리비에서 버거를 먹었다. 그리고 엄마는 어느 작은 식당에 가서 치킨과 감자튀김을 샀다. 포장해서 알로나 비치에 돗자리를 깔고 먹었는데 비가 와서 우산까지 쓰고 먹었다. 나는 감자튀김만 먹어서 치킨 맛은 모르겠는데 감자튀김은 맛있다.

엄마, 아빠는 로스트 호라이즌에서 맥주를 마시고 나는 해변에서 놀았다. 저녁에 아워 델리 브래드에서 빵 96페소어치를 샀다. 그다음 망고를 사고 지금 일기를 쓰고 있다. 그런데 오늘 산 망고 질이 좋지 않다는 생각이 든다.

한 달이라도 좋아, 보홀이라면!

D+22

벌이 사라진 지구는 상상하고 싶지 않아

아침 식사로 어제 사 온 빵을 먹었다. 아
이는 저번에 ICM에서 사 온 우유를 같이
먹었는데 우유가 고소하고 맛있다고 한다.
여기는 생우유는 없고 멸균 팩 우유만 파
는 것 같다. 처음 먹는 우유인데 입에 맞다
고 해서 다행이다.

점심은 보홀 비 팜 투어를 하고 저녁은 두말루안 비치와 가까운 빌
라 포르모사로 가기로 했다. 빌라 포르모사는 리조트인데 그 안에 있
는 레스토랑이 팡라오에 사는 외국인 주민들 사이에서 사랑받는 레스

토랑이라고 여행 책자에 소개되어 있어 떠나기 전 한 번 꼭 가보고 싶었다.

보홀 비 팜으로는 트라이시클을 타고 갔다. 내가 한국에서 구입해 온 가장 최신판 여행 책자에는 원래 양봉도 보고 벌도 보는 비 팜 투어가 있다고 소개되어 있었는데 입구에 들어가 투어를 하러 왔다고 하니 그 투어는 없다고 한다. 사람도 많아지고 소음도 많아져 벌들이 다 죽었다는 것이다. 아쉽다. 아쉽지만 할 수 없지, 밥이나 먹자 하고 레스토랑에 들어갔는데 세상에! 안 왔으면 큰일 날 뻔했다. 뷰가 아름다운 해변 레스토랑.

사이드바에 앉으니 발밑으로 너무나 맑은 바닷물이 보인다.

참치 턱살 구이(빵아)

식사는 '참치 턱살 구이(빵아)'와 저번에 비 팜 레스토랑 모달라비치 점에서 맛있게 먹었던 치즈피자를 시켰다. 햄 샌드위치도 시키려 하니 햄이 없어서 안 된다고 한다. 그리고 '비 카라멜 프로스트'와 '할로할로'도 시켰다.

음식들은 모두 맛있었고 비 카라멜 프로스트는 카라멜 마끼아또 맛이 났다.

식사를 다 하고 계단이 있어 내려가 보니 바다와 이어져 있다. 오늘 많이 걸으려고 운동화를 신고 왔는데 아쿠아 슈즈에 래시가드를 입고 왔으면 더 좋았겠다. 맑은 바다를 보니 그대로 풍덩 빠지고 싶었다.

식사를 하고 배도 불러서 두말루안 비치까지 걷기로 했다. 날씨가 쨍쨍하지 않아서 걷기 좋은 날씨였다. 그런데 바닷가로는 걸을 길이 없어서 차도로 걸었다. 가다가 중간에 테이블이 있는 사리사리가 있어서 물을 사고 잠깐 앉아서 쉬었다. 그 집에서 키우는 것 같은 귀여운 고양이가 있어서 사진도 한 장 찍었다.

보홀에 개는 많은데 고양이는 거의 못 본 것 같다는 생각을 했다.

잠시 쉬는 시간을 갖고 다시 길을 걷다가 화이트 비치로 나가는 길이 있어 비치 쪽으로 빠졌다. 알로나 비치처럼 번잡하지도 않고 좋았다. 망고 셰이크를 파는 집이 있어 망고 셰이크를 사서 쭉 걸었다.

수영복을 입고 왔으면 좋았을 뻔했다는 생각을 두 번째 했다. 망고 셰이크 파는 집에 여기서 두말루안 비치까지 걸어갈 수 있냐 물어보니 밀물이면 힘들고 썰물이면 가능하다고 한다. 일단 모르지만 도로보다는 비치가 좋아서 비치로 쭉 걸어갔다. 다행히 썰물 때여서 걷다보니 두말루안 비치가 나왔다.

비치에서 조금 시간을 보냈다. 시간이 벌써 5시가 넘어 얼른 저녁 식사를 하러 가기로 했다. 여기서 빌라 포르모사는 구글 지도로 걸어서 7분이 걸린다고 한다. 보홀의 1월은 6시 '땡' 하면 해가 넘어가서 어두워지기 전에 빌라 포르모사로 들어가야 한다. 길에 가로등이 거의 없어서 해가 지면 정말 캄캄한 밤이 되기 때문이다.

구글 지도를 보며 빌라 포르모사를 찾아갔다. 드디어 빌라 포르모사라고 쓰인 큰 대문이 나와서 문을 밀고 들어갔다. 예쁘다! 수영장도 있다. 수영복 입고 왔으면 정말 풍덩 했겠네.

길을 따라 레스토랑을 찾아 쭉쭉 들어갔는데 어라, 이상하다. 군데군데 불이 켜있지만 거의 모든 불이 꺼져있고 사람이 한 명도 보이질 않는다. 아이가 크게 "애니 바디 히어(Any body here; 아무도 없나요)?"라고 외쳐보았지만 정말 아무도 없었다. 아무도 없다고 생각하니 이건 완전 귀신의 집 체험판이다. 게다가 이미 해가 어둑어둑해질 준비를 하고 있다. 무서워서 얼른 달려 나왔다.

아, 이 리조트 문을 닫았나 보다. 그런데 문을 닫은 지 얼마 안 되었는지 구글로 빌라 포르모사 숙소 예약은 되던데 이게 무슨 일이람. 이런저런 생각을 하며 얼른 큰길 쪽으로 나가서 더 어두워지기 전에 트라이시클을 탔다.

알로나 비치로 돌아와서 식사를 하러 어제 못 간 '제프스 바'를 가기로 했다. 제프스 바에 어제 만난 캐네디언 부부가 또 있다. 반갑게 인사를 하고 음식을 시켰다. 피쉬 앤 칩스와 립스, 그리고 맥주 한 병을 시켰다. 가격은 저렴한 편인데 양은 많지 않다. 피쉬 앤 칩스는 약간 짰는데 맛있었다. 분위기도 좋고 가격도 마음에 들고 다음에도 또 와야겠다. 다음엔 피쉬 앤 칩스와 다른 걸 시켜봐야 겠다.

오늘 일정 중 비 팜에 벌이 없어졌다는 사실은 조금 충격적이었다. 꿀벌이 없어져 가는 자연환경 속에 인간이 계속 살아갈 수 있을까?

1. 보홀 비 팜에 가는 날은 래쉬 가드와 아쿠아 슈즈를 신자.
2. 특별히 걸어야 하는 것이 아니면 보홀 비 팜에서 식사를 하고 트라이시클을 타고 화이트 비치로 가서 두말루안 비치까지 걸어보자. (밀물 때는 못 걷는다고 한다.)
3. 두말루안 비치에서 놀다가 해지기 전에 큰길로 나가 알로나 비치 또는 숙소로 이동하자.
4. 트라이시클을 타고 알로나 비치로 돌아간다면 중간에 아워 델리 브래드에서 잠시 세워달라고 부탁한다. 빠르게 빵을 사서 다시 탄다.

오늘은 보홀 비 팜에 가서 점심을 먹었다. 보홀 비 팜 식사는 맛있었다. 그런데 벌이 보이지 않아서 물어보니 사람이 많고 시끄러워서 벌들이 다 죽었다고 한다. 보홀 비 팜에 벌이 없다니!!! 충격적이다. 그럼 보홀 비 팜 기념품 가게에서 파는 꿀은 다른 곳에서 왔나?

보홀 비 팜을 둘러 보고 두말루안 비치로 가기로 했다. 비 팜을 나와서 조금 걸어가고 있는데 염소 두 마리가 싸우고 있었다. 한 마리는 몸집이 큰 늙은 염소였고 다른 한 마리는 몸집이 작은 어린 염소였다. 둘이 머리 박치기를 하고 있었다. 왜 싸우는지 모르겠다. 사이 좋게 지내지. 염소가 둘 다 묶여 있어서 결판은 안 나고 박치기하는 머리만 아플 것 같다.

3km를 걸었더니 너무 더웠다. 화이트 비치에 가서 쉬다가 해안 라인을 따라가기로 일정이 변경되었다. 화이트 비치는 바람이 불어서 시원했다. 역시 바닷바람은 시원해!

휴, 조금만 더 가면 두말루안 비치이다. 자, 인제 엄마가 찾아본 식당에 가볼까? 엄마가 찾아보고 가자고 한 식당은 어느 호텔에 있는 레스토랑이었다. 그런데 그 호텔에 아무도 없고 모든 불은 *꺼져있었다*. 비상 유도등, CCTV 방범 장치 및 간판 불빛은 켜있는데 인적이 없다.

홈페이지는 접속이 불가하고 후기도 6달 전후로는 없다. 아고다로 예약은 되지만 6개월 전후로는 예약 기록이 없다. 텅 빈 리조트가 조금 무서워서 얼른 나왔는데 갈 곳이 없어서 툭툭을 타고 알로나 비치로 와서 밥을 먹고 다시 숙소로 돌아왔다.

잘 듣는 현지 감기약은?

아이가 알로나 비치에서 모래성을 쌓는다. 뭘 만들까 하다가 초콜릿 힐을 만들었다고 한다. 그리고 옆에 보홀이라고 글씨도 썼다. 알로나 비치 모래는 산호가 침식되어 만들어진 것이다. 하얗고 찰지다. 오후 내내 초콜릿 힐을 만들며 놀았다.

알로나 비치에 파도 소리와 음악 소리가 함께 흐른다. 평화롭다. 좋다.

육상 투어를 하는 날 바람을 많이 맞았는지 기침이 난다. 밤이 되면 더 심해질 수도 있으니 약국에 가서 감기약을 샀다. 알로나 비치에서 공항 방향으로 조금만 걸어가면 아워 델리 브래드 가기 전에 약국이

나온다.

약국 입구 사진

DM시럽

　검색해보니 여기서는 기침약으로 DM시럽을 먹는다고 한다. 약국
에서 DM시럽을 달라고 했다. 130페소다. 한국 돈으로 약 3,250원. 성
인은 10ml씩 6시간 간격으로 하루 3번 복용한다. 맛은 코푸시럽이나

콜대원 같은 기침 시럽 맛이다.

저녁 식사 시간이 되어 약국 옆에 '호세'라는 식당이 있어 들어갔다. 깔라마리와 비프스테이크를 시켰는데 비프스테이크는 내가 생각한 비주얼은 아니었다. 그런데 버터 향이 나고 간은 약간 짭짤하니 먹을 만했다.

이 약이 센 건지 약을 먹으니 축 처진다. 기침은 확실히 덜하다. 약 효과가 좋네.

오늘은 알로나 비치에서 초콜릿 힐을 만들었다. 총 18개인 내가 만든 초콜릿 힐은 코코넛을 넣고 그 위로 흙을 붙여서 만들었다.

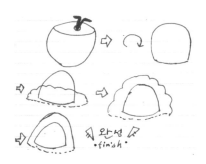

이 방법으로 하면 1개 10분! 총 3시간 20분 만에 만들었다. (계산해보니 1개 10분보다 조금 더 걸리네.) 다음 날까지 남아 있을까? 두둥, 다음 편에 공개합니다!

바나나는 맛있다!

: 그리고 모래성의 행방

효과 좋은 DM시럽을 먹고 기침은 쏙 들어갔는데 몸이 축 처져서 오늘은 숙소에만 있었다. 이제 삼 주가 지나고 일주일이 남았다. 가지고 온 달러를 모두 써서 숙소 사장님께 한국 돈 환전을 부탁드렸다. 가장 좋은 환율은 100달러 지폐를 가지고 와서 페소로 바꾸는 것이다. 그런데 한 달을 살면서 얼마를 쓸지 모르니 100달러 지폐 몇 장을 가지고 와야 하는지 가늠이 안 되었다.

한 달 살기에 얼마가 드는지는 생활 수준 따라 다르지 않을까 싶다. 비싼 식당을 갈 수도 있고 저렴한 현지 식당을 갈 수도 있고, 마사지를 얼마만큼 하냐, 투어를 얼마나 다니냐 등등에 따라 달라지기 때문이다.

그래도 꼬박꼬박 가계부를 써서 한 달 살기에 들어간 돈을 잘 파악할 수 있을 것 같다. 한 달 살기가 끝나면 정산해보아야겠다. 나도 궁금하다.

숙소 직원이 문을 두드려서 열어보니 베봇 아저씨에게 연락이 왔는데 자기가 못 오고 목요일에 다른 사람을 보낸다고 한다. 알았다고 그렇게 하시라고 이야기를 했다. 아저씨가 많이 아픈가 걱정이 좀 된다.

오늘은 해가 쨍쨍하고 날씨도 좋다. 아이는 아빠와 알로나 비치를 갔다. 과일 가판대에서 망고와 바나나를 샀다. 여기 바나나는 우리나라 바나나보다 작고 우리나라에서 몽키 바나나라 부르는 작은 바나나보다는 큰 사이즈이다. 우리나라 바나나는 농장에서 대량 재배되는 것을 수입하는 것이고 여기 바나나는 그냥 나무에서 따는 걸까? 맛도 좋다. 더 달콤하다. 한 송이는 한 번에 먹기에는 양이 너무 많아서 조각으로도 파냐 물어보니 조각으로도 판단다. 그래서 세 조각을 샀다. 한 조각에 10페소. 우리 돈 250원. 맛이 좋아서 다음에 또 사 먹어야겠다.

오늘은 날씨가 오랜만에 좋다!

알로나 비치까지 걸어가 봤다. 어제 일기에서 공개하기로 한 이야기를 공개하
겠다. 내가 깜빡하고 조수간만의 차를 생각하지 않았다.

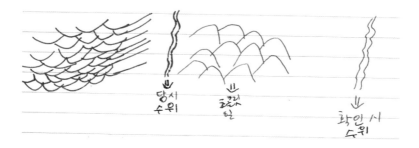

결론: 파도에 휩쓸렸다. 흑흑. 그래서 오늘 좀 기분이 좋지 않다.

아빠가 부코를 사주셨는데 너무 맛있다. 역시 내 최애 부코!

장대비가 주룩주룩

오늘은 히낙다난 동굴과 나팔링 투어를 하기로 한 날이다. 약속대로 8시에 베봇 아저씨 대신 초록 트라이시클 아저씨가 대신 왔다. 그런데 비가 정말 주룩주룩 너무 내린다. 이러다 그칠 수도 있겠지만 이렇게 흐린 날 스노클링을 가면 너무 추울 것 같아서 기사님에게 미안하지 만 오늘은 못 갈 것 같다. 내일 아침 10시에 해가 나면 오시고 그렇지 않으면 완전히 캔슬을 해야겠다고 말했다. 기사님은 고맙게도 그러라 고 하고 돌아갔다. 어제였으면 딱 좋았을 텐데 싶었다.

하루 종일 정말 하늘에 구멍이 뚫린 것처럼 비가 왔다. 오늘은 비만 주룩주룩 온다.

비가 너무 오고 할 일이 없어서 심심했는지 아이가 갑자기 수학 문제집을 푼다. 매일 하는 분량을 다 마쳤는데도 조금 더 한다. 심심하고 할 일 없으니 스스로 공부를 하는구나. 기특하다.

과연 내일은 해가 날 것인가, 우리는 스노클링을 할 수 있을까?

거의 하루 종일 비가 왔다. 스노클링이 연기되었다. 수영과 보물찾기도 했는데 둘 다 별로였다. (재밌게 놀았는데 예정되어 있던 스노클링을 못 가서 아쉬운 마음이 크다. 그래서 그게 좀 별로였다.)

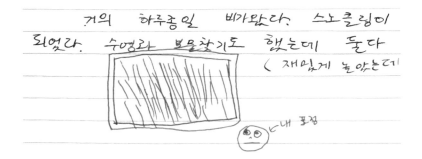

히낙다난 동굴과 나팔링,
그리고 해파리

다행히 해가 쨍쨍하다. 오늘은 스노클링을 갈 수 있겠다. 야호! 10시에 약속한 대로 기사님이 오시고 히낙다난으로 떠났다. 오늘 베봇 아저씨와 히낙다난, 나팔링 투어를 하고 나머지 500페소를 마저 지불하기로 했었다.

먼저 히낙다난 동굴로 갔다. 입장료가 25페소라는 정보를 봤는데 50페소로 올랐다. 저번에 노바 쉘 박물관도 조사한 가격보다 오른 가격이었는데 코로나 팬데믹이 끝나며 입장료들이 다 올랐나 보다.

히낙다난 동굴은 수영을 안 한다고 하면 50페소, 수영을 한다고 하면 75페소다. 히낙다난 동굴 입구는 매우 좁았다. 나는 안 들어가고 아빠와 아이만 들어갔다.

밖에 앉아있을 곳이 있어서 앉아서 기다렸다. 보홀 기념 티셔츠를 파는 가게들과 과일 셰이크를 파는 가게들이 여럿 있다. 티셔츠는 저번에 로복강 투어 기념품 가게에서 산 가격보다 싸다. 99페소.

과일 셰이크는 작은 건 50페소, 큰 건 100페소이다.
삼십 분쯤 있으니 아이랑 아빠가 나와서 과일 셰이크를 사 먹었다. 코코넛 셰이크와 망고 셰이크 둘 다 아주 맛있었다. 또 먹고 싶다.

트라이시클을 타고 이제 나팔링으로 가자고 하니 아저씨가 자기는 히낙다난만 500페소에 가기로 했다는 것이다. 아니 이런! 거짓부렁을! 그래서 베봇 아저씨에게 전화해서 확인해봐라. 히낙다난과 나팔링을 가고 500페소를 주기로 했다 하니 그렇게는 못 한다, 나팔링을 가려면 200페소를 더 내라고 하는 것이다. 어제 왔다가 간 것도 있고 해서 그냥 200페소를 더 준다고 하고 가자고 했다. 흠. 어디서 배달 사고가 있었는진 모르지만 살짝 괘씸하다.

우리는 나팔링을 위해 칼리카산 리조트로 갔는데 입장료는 인당 300페소. 나는 물에 안 들어간다고 말했더니 100페소만 내라고 한다.

아이는 칼리카산에서 스노클링을 했다. 니모(흰동가리)도 보고 도리(블루탱)도 보았다고 한다. 물이 얕아서 수영을 못 하는 아이들도 스노클링을 할 수 있는 포인트이다.

오늘은 아침에 히낙다난 동굴에 갔다. 히낙다난 동굴은 입구가 낮았다. 들어가 보니 처음 맡는 냄새가 확 났다. 냄새가 좀 불쾌하고 동굴 속은 어두웠다.

　날아다니는 검은 그림자가 있었다. 처음에는 박쥐인 줄 알고 놀랐다. 만일 박쥐면 코로나에 걸리는 것이 아닐까 생각했다. 그런데 다행히도 박쥐가 아니라 참새처럼 생긴 작은 새였다.

　한 10m 정도 들어갔나? 엥? 끝? 물이 고인 곳이 있고 바로 끝이다. 이대로 다시 돌아 나가면 끝. 뭔가 한국 광명시에 있는 광명 동굴처럼 거대할 줄 알았는데 생각보다 작아서 실망했다.

　그다음은 나팔링 다이빙 포인트로~. 난 바로 물속에 구명조끼 없이 뛰어들었다. 아빠는 물이 무서워서 깊은 곳으로 안 간다고 해서 나만 갔다. 니모(화이트 오렌지 아네모네 피쉬)가 말미잘(아네모네)에 숨어있는 것도 보고 정어리 떼도 봤다. 진짜 신기했는데 어느 순간 갑자기 눈앞이 뿌옇게 되어서 물안경을 닦아내려고 물안경에 손을 댔는데 뭔가가 나를 쏘았다. 즉시 손에 통증이 느껴졌고 붉은색으로 피부가 부어오르고 피가 맺혔다. 해파리인가 보다. 바로 물 위로 올라왔는데 데스크에 말하니 시큼한 액체를 뿌려주었다. 뭐냐고 물어봤는데 식초라고 했다. 바로 화끈화 끈 뜨거워졌다. (염기와 식초가 만나며 이루어진 중화반응으로 일어난 발열반응 때 문) 그래도 해파리가 물안경을 덮쳤을 때 얼굴을 쏘지 않아서 다행이라고 생각했 다. 해파리 공격 때문에 다시 트라이시클을 타고 숙소로 왔다. 예쁜 바다와 더 놀고 싶었는데 아쉽다.

오늘은 보홀 한 달 살기 중 두 번째로 즐거웠다. (호핑을 하고 나면 순위가 어떻게 변할지 모름)

해파리에 쏘였을 때, 생수 등 맹물로 헹구어 내면 위험하다. 바닷물로 씻어내 고 조치를 취하는 것이 안전하다.

대망의 호핑 투어

오늘은 대망의 호핑 투어 날이다. 날이 맑기를 기도했다. 날이 맑아야 돌고래도 나오고 바다도 예쁘기 때문이다.

우리는 보홀○○이라는 한인 투어 사로 호핑을 정했다. 현지 호객하는 사람들에게 예약하면 가격은 더 싸지만 사진이 남지 않기 때문이다. 보홀○○은 고프로로 사진을 찍어준다. 인당 55,000원 정도.

돌고래 워칭을 선택하면 아침 6시 30분까지 숙소로 픽업을 하러 온다.

아침 6시 30분에 숙소에서 출발했다. 팡라오 성당 쪽으로 가서 지프
니에서 내리고 배를 타러 갔다. 돌고래는 볼 수 있는 확률이 백 퍼센
트는 아니라고 하고 거북이는 백 퍼센트 볼 수 있다고 설명한다.

가이드는 두 명에 한 명씩 개별 가이드가 붙는다. 우리는 세 명이라

가이드 두 명이 따라붙었다. 배에 타니 아저씨가 휴지 두 칸씩을 준다. 잘 말아서 귀에 꽂으라고 한다. 이게 얼마나 효과가 있으랴 했지만 꽂고 있다가 빼니 그래도 휴지라도 막는 것이 나았다.

출발하고 한 시간 정도면 스노클링 포인트에 도착한다. 멀미약은 준비했는데 먹지는 않았다. 가는 배는 약간은 어지럽고 소리는 크고 모터 때문에 댕댕 울렸다. 이렇게 한 시간이나 가다니. 흠.

물빛이 너무나 맑았다. 정말 정말 에메랄드색!! 어쩜 이렇게 물이 맑은지 싶다.

가다 보니 돌고래가 있었다. 못 볼 수도 있다고 했는데 행운이다! 돌고래가 저 멀리서 다람쥐 통 넘듯이 동그랗게 떼 지어 재주를 넘는다.
생각만큼 높이 점프하지는 않지만 까맣고 반짝거리는 돌고래 떼가 동그랗게 말아 다니니 귀엽다. 나중에는 우리 배 가까이서도 돌고래 떼가 나타나 정말 좋았다.

돌고래 떼

그런데 배의 모터 소리가 커서 돌고래에게 좀 미안했다. 돌고래 포인트에서는 모터를 끄는 것 같았는데 그래도 모터 소리가 없는 배가 해양 동물들에게 좋을 것 같다는 생각을 했다. 그런 배는 없는 건가.

예쁜 돌고래를 운 좋게 보고 스노클링 포인트에 다 달았다. 아이는 구명조끼를 안 입고 들어가겠다고 했다. 이번에는 바닷속에서 가이드가 1:1로 붙고, 고래상어 볼 때와는 다르게 사람이 적어 정신없지 않고 바다 시야도 넓어 비교적 안전할 것 같았다. 그래서 그러라고 했다.

나는 구명조끼와 스노클링 기어를 하고 들어갔는데 세상에! 바닷속이 수족관이다. 오늘은 날씨도 맑아서 바다 물속도 너무 잘 보이고 정말 장관이었다. 이렇게 아름다운 바닷속을 오래오래 보면 좋겠다는 생각이 들었다.

물속을 들여다보고 있다 보니 거북이도 나타났다. 거북이가 바닥에 먹이를 먹는지 모래사장에 입질을 하고 있었다. 그러다가 거북이가 헤엄을 치며 떠오르기도 했다. 거북이와 같이 헤엄을 치는 경험은 신비로웠다.

스노클링을 마음껏 하고 '발리카삭 섬'으로 가서 식사를 했다. 식사
는 잘 나왔다. 맛있게 먹었다. 그리고는 다시 버진 아일랜드로 출발!

버진 아일랜드는 포카리 스웨트 광고를 찍은 곳이라고 한다. 귓가에
'나나 나나나나 나나~' 노래가 들린다. 가면서도 예쁜 물빛에 감탄을
했다.

버진 아일랜드에 도착하니 거짓말 조금 보태 침대만 한 하얀 백사장
이 올라와 있고!

.

.

.

.

.

.

.

그게 끝이다. 주변에 맹그로브(아열대 기후에서 자라는 나무를 총칭
하는 말)도 있었다. 밀물이어서 땅이 조금만 올라왔나 싶었다. 그런데
가이드 아저씨 말로는 이게 썰물이고 밀물 때는 목까지 물이 찬다고

한다. 호핑 업체에서 물 때에 맞춰 들어 온 건가 보다.

침대만 한 하얀 백사장 위로 몽실몽실 귀여운 구름이 있었다. 백사장이 작고 아무것도 없어서 조금 실망한 감이 있었지만 몽실몽실 구름은 하얗고 아름다웠다. 저 구름 위에 정말 신세계가 펼쳐져 있을 법한 그런 모습이었다. 그 모습을 사진에 담았는데 사진에 까만 점은 빗방울이다. 신기하게도 빗방울이 사진으로 찍혔다.

얼른 사진을 찍고 다시 배로 갔다.

비가 오다가 말다가 한다. 저쪽에 먹구름이 보이고 그 밑으로만 비가 오는 게 보였다. 옛날이야기 속에서만 보던 비 기둥이 신기했다. 비 기둥을 보다니.

이렇게 일정을 끝내고 또 예쁜 바닷물에 심취하며 돌아왔다.
숙소에 도착한 시간은 두 시 반 정도였다. 예쁜 하루를 보냈다.

인터넷에 미리 버진 아일랜드 맹그로브 인생 사진 샷을 찾아보고 가자. 아무
것도 없어서 생각보다 아쉬운데 사진이라도 멋지게 남으면 덜 아쉬울 듯하다.

한 달이라도 좋아, 보홀이라면!

오늘은 호핑 투어 날이다. 아침 일찍 지프니를 타고 갔다. 앞에서는 간단한 브리핑을 했다. 브리핑 내용은 요약하자면 해양 생물을 만지지 말고 배에서 너무 멀리까지 가지 말라. SD카드가 있으면 가이드에게 주고 등등이다.

　이제 배를 막 타려고 하니 긴장되었다. 배의 모터 소리가 굉장히 컸다. 옆 팀은 3M 주황색 귀마개도 준비해 왔는데 없으면 휴지로 귀를 막으라고 해서 휴지로 했다. 그런데 큰 차이는 없는 것 같다.

　배를 타고 한 시간을 갔다. 돌고래를 볼 수 있는 포인트가 나왔다. 돌고래가 예상처럼 높이 점프하지는 않았는데 그래도 귀엽다.

　그다음은 발리카삭 아일랜드 주변에서 스노클링을 했다. 엄마는 구명조끼를 입고 위에만 떠 있었고 나는 잠수해서 바다 안으로 들어갔다. 나는 수영을 잘 하니까. 니모도 봤고 도리도 봤다.

그리고 신기하고 화려하게 생긴 라이언 피쉬(쏠배감펭, 사진) 가까이 가려고 했더니 가이드 아저씨가 막았다. 이유는 바로 라이언 피쉬에 독이 있기 때문?!?! 나중에 조사를 좀 해보니 이 녀석은 바다 밑에만 있는 녀석으로 물 위에서 스노클링 하는 정도로는 괜찮다고 한다.

조금 움직이니 거북이가 나왔다! 밑에서 계속 땅을 파고 있었다. 뭘 먹는 건지 아니면 노는 건지 뭔지 모르겠다. 어떤 거북이는 헤엄을 치고 있었는데 주위에 사람이 많다. 어떻게 어떻게 사진을 찍어주셨는데 정말 잘 나왔다. 갑자기 거북이는 자기가 상업용으로 쓰이고 있는 것을 알까, 하는 생각이 들었다.

좀 출출해져서 발리카삭 아일랜드에서 밥을 먹었다. 꼬치, 망고, 라면, 비비큐, 밥 등이 나왔다. (꼬치는 숙소 근처 꼬치 집이 더 맛있다.)

예쁜 물고기, 거북이들과 놀고 버진 아일랜드로 배를 타고 또 이동했다. 버진 아일 랜드는 1987년 포카리 스웨트 광고에 등장했다고 한다. 가서 직접 봤는데 매우 작 은 부메랑 모양이었다. 그런데 이 모양이 썰물 때인 것이 놀라웠다. 누가 봐도 밀물 때 같이 생겼다. 거의 잠기게 생겼는데 썰물이라니!! 그리고 이것으로 오늘 호핑 투 어는 끝이 났다.

한 달이라도 좋아, 보홀이라면!

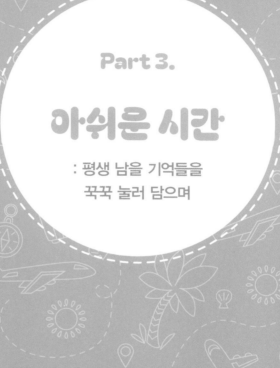

Part 3.

아쉬운 시간

: 평생 남을 기억들을
꾹꾹 눌러 담으며

사왕 마켓에서 마지막 망고를

사왕 마켓 망고는 크고 맛있다. 사왕 마켓은 일요일만 열어서 일요일 기념 사왕 마켓을 갔다. 그곳에서 망고와 바나나를 많이 사고 성당을 갔다. 성당에서 미사를 드렸다. 그런데 영어로 진행이 되지 않아서 무슨 말인지 못 알아들었다. 영어로 진행이 되면 좋았겠지만 어쩔 수 없지.

미사가 끝나고 성당 바로 맞은편에 있는 라 파밀리에로 갔다. 피자를 시켰는데 오늘 정전이 되어 피자 오븐을 켤 수가 없다고 한다. 안타깝다. 한국이라면 불평을 좀 할 수도 있겠지만 그냥 여기는 어쩔 수 없지, 라고 생각해야지 방법이 없다.

어쩔 수 없지.

그래서 그냥 할로할로만 시켰다. 역시 라 파밀리에 할로할로엔 과일
이 많아서 맛있다.

저녁엔 알로나 비치에 있는 식당 '아이시스'에 갔다. 아이시스 꼭 가
세요! 두 번 가세요!

알리망오(꽃게처럼 생긴 집게발이 아주 큰 게)를 시켰는데 진짜 맛
있었다. 새우도 시켰는데 새우 대신 알리망오를 많이 먹을 걸 그랬다.

알리망오가 새우보다 kg당 단가가 더 싸다. 껍데기가 있어서 그렇겠지만. 새우도 먹고 알리망오도 먹고 하지 말고 알리망오만 먹는 것을 추천한다.

아이는 생선구이가 먹고 싶다 해서 생선을 골랐다. 생선이 여러 종류가 있어서 뭘 먹을지 몰라서 그냥 아무거나 골랐는데 다행히 맛있다고 한다.

드디어 내일이 온종일 보홀에 있는 마지막 날이다. 일주일쯤 남았을 때는 한국에 어서 가고 싶기도 하더니 어제부터는 시간이 참 빠르다, 싶다.

알로나 비치에서 오는 길에 나무에 들러 사장님께 내일모레 출국한다고 말씀드리고 그동안 감사했다고 인사를 했다.

보홀 한 달 살기의 마지막 날!

오늘은 드디어 마지막 날이다. 혹시 몰라서 가지고 온 상비약 중 뜯지 않은 것을 그동안 감사했다는 인사와 함께 숙소 사모님께 드렸다. 드리는 것이 약소해서 민망했지만 너무도 감사하게 사모님도 감사하다며 받아주셨다.

마지막 날 기념으로 알로나 비치로 갔다. 다행히 어제부터 날씨가 맑다. 그래서 기분 좋게 보홀 마지막을 기억할 수 있게 되었다.

점심 식사를 하러 알로나 비치 '아이시스'에 또 갔다. '팟타이'와 '시푸드 옐로우 커리'를 시켰다. 커리는 아이 입맛에도 잘 맞았는지 맛있다며 잘 먹었다.

거의 매일 들른 코코넛 셰이크 가게에도 이제 우리 한국으로 간다고 인사를 했다. 주인 아주머니가 "See you~!"라고 미소와 인사해 주었다.

코코넛 셰이크를 들고 바다에 들어가진 않고 해변을 걸었다. 저 멀리 먹구름이 보이고 비 기둥도 보였다.

오늘따라 파도 소리가 더 예쁘다.

오늘 밤은 한국으로 돌아가기 전 마지막 밤이다. 나무 사장님과 부코집 아주머니에게 인사를 했다. 오늘 간 알로나 비치가 마지막이라니… 이 기분을 어떻게 표현할지 모르겠다.

그리고 어제 마지막이라서 사왕 시장에서 망고를 진짜 많이 샀는데 망고를 너무 많이 사서 다 먹고 나갈 수 있을지 의문이다.

이제 마지막 날이라서 환전한 돈이 부족하다고 한다. 엄마가 내 페소를 빌려서 쓰고 한국에서 원화로 준다고 했다.

한국도 가고 싶지만 필리핀에도 더 있고 싶다.

다시 공항으로

길다면 길고, 짧다면 짧은 한 달 여정을 감사하게도 건강하고 무사히 마쳤다. 앞으로 내 생애 이렇게 긴 여행이 또 있을까 궁금하다. 한국으로 돌아가 또다시 일상을 이어 나가야지. 한국에서도 이렇게 평화롭고 다채로운 일상이 펼쳐지길 기도한다.

안녕, 보홀!

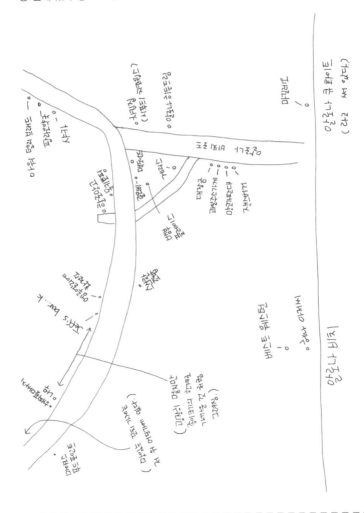

부록 1.

내 마음대로 그린 손 지도

※ 뚝딱뚝딱 손으로 그린 지도라 축척이 맞지 않습니다.
　 그냥 옆에 있다 정도로 알아보는 용도로만 사용해주세요.

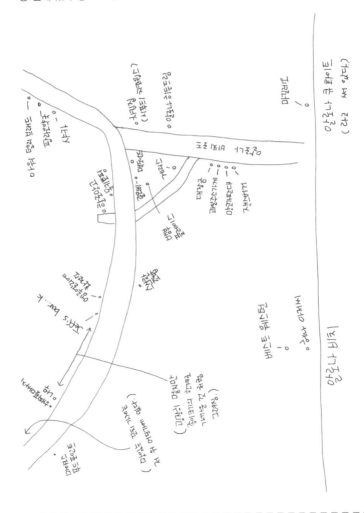

준비할 서류들

1. 이 트래블(e Travel)

성인, 아동 모두 등록해야 하고 휴대폰으로 이 트래블 큐알 코드(QR Code)를 발급 받으면 종이 입국 신고서를 작성하지 않아도 된다. 비용은 무료이다.

출발 시간(항공기 탑승 시간)을 기준으로 72시간 이내에 등록해야 하고 시간이 넘어 갔을 경우 사용할 수 없으니 주의!

필리핀 입국 시에만 필요하고 한국으로 돌아올 때는 필요하지 않다.

– 필리핀 관광부 홈페이지 – 이 트래블 안내

https://www.itsmorefuninthephilippines.co.kr/travel/eTravel

여기에 접속하거나 필리핀 이 트래블이라고 인터넷 검색 창에 검색하면 자세히 나 온다.

2. 영문 가족 관계 증명서

엄마와 아이만 필리핀으로 입국하면 엄마와 아이의 성이 다르기 때문에 영문 가족 관계 증명서나 주민등록등본이 필요하다. 우리는 먼저 나와 아이만 출발하고 2주 뒤 에 아빠가 오기로 해서 영문 가족 관계 증명서가 필요했다.

– 전자 가족 관계 등록시스템

https://efamily.scourt.go.kr/index.jsp

여기에 접속해서 영문 증명서를 클릭한다.

발급대상자에 '자녀'를 선택한다.

증명서 종류는 '영문증명서'를 선택한다.

주민등록번호는 전부 공개를 선택한다.

수령 방법은 직접 인쇄를 선택하고

신청 사유는 여행, 미성년자 보호자 증명을 선택하고 신청하기를 누른다.

출력창이 뜨면 인쇄 버튼을 누르고 자녀의 수만큼 인쇄한다.

3. 환전

100달러 미화로 우리나라에서 가지고 들어가고 필리핀에서 미화를 페소로 바꾸는 것이 환율에 제일 유리하다고 한다. 그래서 나는 일단 딱 800달러를 준비했다. 우리나라 돈으로 100만 원이 아주 조금 넘었다. 씨티 카드도 만들고 하면 필리핀에서 페소로 찾을 수 있다고 하는데 이틀 전에야 정신 차린 나에게는 너무 복잡한 일이었다. 그냥 우리은행 앱이 환율 우대가 좋다고 해 평소에 쓰던 우리은행 앱에서 환전을 미리 하고 인천공항에서 미화(달러)로 환전을 마무리했다.

4. 항공권 이 티켓 출력

모바일 티켓이 휴대폰에 있지만 혹시 종이 티켓이 쓰일 일이 있을지 모르니 종이로도 출력했다.

5. 여권 복사

혹시 모르는 분실에 대비해 가족 여권 모두를 한 부씩 복사했다. 참고로 필리핀은 30일까지 무비자 여행이 가능하고 그 이상은 비자를 발급받아야 한다.

6. 여행자 보험

많이들 하는 '나의 은행' 보험과 '카○오톡 여행자 보험'을 비교해 보았다. 비교해 보니 카○오톡 여행자 보험이 더 저렴했다. 그래서 카○오톡 여행자 보험으로 정하고 가입했다.

7. 로밍

유심을 사서 끼울까 하다가 보홀이 와이파이가 잘 된다는 이야기가 있어 간단히 로밍만 하기로 했다. 내가 사용하는 통신사에 30일 로밍이 되는 요금제가 있어 그것으로 로밍을 했다. 비용은 4만 원대였고 첫 사용은 50% 할인을 하기도 하니 통신사에 꼭 알아보자. 문자가 무료라서 그것도 좋았다.

8. 가계부 앱

한 달 살기를 하는 동안 얼마나 비용이 나가는지 체크하기 위해 가계부를 쓸 목적으로 휴대폰에 앱을 미리 받았다. 여행 중 가계부 기록이 편리하고 나중에 통계도 내주어 한눈에 보기 편했다.

가방 싸기

1. 기내용 손가방

물 품	체크
여권	
종이 항공권	
지갑	
핸드폰	
노트북	
일회용 밴드	
응급상비약	
양치 도구	
이어폰	
보조배터리	
영문 등본	
휴대용 휴지	
물티슈	
에어 목베개	
셀카봉	
휴대폰 충전기	
볼펜 / 네임펜	
선글라스	
간식 약간	
막대사탕 (아이들이 비행기 이착륙 시 막대사탕을 빨아 먹으면 귀가 덜 아프다고 한다.)	

2. 트렁크에 쌀 것
● 의류 및 신발

물 품	체크
여름용 외출복 (반팔, 반바지 등)	
실내복 및 잠옷 (반팔, 긴팔, 칠부 내복—에어컨 틀고 잘 경우 필요)	
바람막이, 가디건 등 얇은 겉옷	
속옷	
양말	
샌들이나 슬리퍼	
모자	

• 세면도구 및 화장품
샴푸, 비누, 치약(센소다인)은 첫날
ICM에서 사도 된다.

물품	체크
치약, 칫솔, 치실 등	
선크림 세안용 세정제	
세안 수건	
기초 화장품 및 화장품	
선크림 넉넉히	
마스크팩	
알로에 수딩젤	
면봉	
비치 타올	
샤워 타올	

• 물놀이 용품

물품	체크
수영복(두 벌씩 있으면 말리고 입기 좋다.)	
래쉬 가드, 수경 등	
아이용 물놀이 챙 달린 수모	
아쿠아 슈즈나 크록스	
핸드폰 방수 팩	
구명조끼	
스노클링 마스크	
오리발	
물놀이용 공이나 튜브	
비치백	
작고 얇은 돗자리	

• 고래상어투어/호핑용 준비물

물 품	체크
고프로용 SD카드 (16~32기가, 삼성 또는 샌 디스크 추천)	
우비(보온용)	
귀마개 (3M이나 다이소 추천)	

• 상비 음식

물 품	체크
즉석밥, 레토르트 국, 컵라 면, 즉석죽, 3분 카레, 코인 사골육수, 누룽지 등 끼니 에 맞게	
조미김 트래블 팩	
여행용 튜브 고추장	

• 상비약
먹는 약은 어른용, 아이용 따로 챙겨
야 한다.

물 품	체크
밴드+아쿠아 밴드	
상처 치료 연고	
소독약	
타이레놀	
리도맥스	
해열제	
감기약	
몸살약	
소화제	
'백초' 시럽	
두드러기 및 알러지 약	
일회용 인공 눈물	
결막염 대비 안약	
멀미약	
버물리	

• 기타

물품	체크
손톱깎이	
작은 가위	
세탁소 옷걸이	
빨래줄	
빨래 모음용 큰 주머니	
미니 우양산(사람 수만큼)	
여권 복사본	
여권 사진 2~3매	
장바구니	

짐싸기

1. 노트북이 있다면 안전을 위해 전원을 끄고 기내로 가져갈 것.
2. 한국으로 오는 짐에 '코코넛오일'과 '잼'은 액체류로 분류되므로 반드시 수 하물로 부친다.
3. 당연히 액체류, 칼, 가위는 수하물로 부친다.

부록 4.

미리 알면 좋은 빠른 돈 계산

정확한 환율은 아니지만 대략 계산하기 좋게 환산한 숫자이다. 미리 사진을 찍어 휴대폰 바탕화면에 넣어놓으면 급할 때 유용하게 쓸 수 있다.

페소	한화
1페소	25원
5페소	125원
10페소	250원
20페소	500원
50페소	1,250원
100페소	2,500원
200페소	5,000원
300페소	7,500원
500페소	12,500원
1,000페소	25,000원

보홀 공항에서 집으로 갈 때 필요한 것들

1. 필리핀 아웃(Out), 한국 인(In)할 때 필요한 큐알 코드

2. 이 티켓 (여정 확인서) – 종이로 출력한 비행기 표
공항 입구에서 종이로 된 것이 있어야 공항 안으로 들어갈 수 있다.

3. 출국세
일 인당 560페소. 카드 안 되고 달러 안 되고 페소만 된다. 없으면 어떻게 될지 궁금
하긴 하다. 한국으로 안 보내주는 걸까?

4. 작은 매점이 있으니 남은 페소는 여기서 털고 가는 것이 가능하다.

5. 공항 안에 소지품 검사를 하고 들어갈 때 물은 반입이 안 되는데 빈 물병은 가능
하다고 한다. 공항 안에 정수기에서 빈 물병에 물을 받아 마실 수 있다.

이렇게 우리의

바닷가 한 달 살이는 끝이 나고

또다시 일상은 시작되었다.

앞으로 살아가는 동안

이 한 달의 추억이

마음속 햇볕으로 자리 잡겠지!